酒馆关门之前

李唐 著

西苑出版社

图书在版编目（CIP）数据

酒馆关门之前 / 李唐著 .-- 北京 : 西苑出版社 , 2018.8

ISBN 978-7-5151-0663-2

Ⅰ . ①酒… Ⅱ . ①李… Ⅲ . ①中篇小说 – 中国 – 当代

Ⅳ . ① I247.5

中国版本图书馆 CIP 数据核字 (2018) 第 116558 号

酒馆关门之前

JIUGUAN GUANMEN ZHIQIAN

李唐 著

出 品 人：赵 晖

责任编辑：汪 莉 曹亚楠

责任印制：陈爱华

责任校对：刘娟娟

书籍设计：广 岛（@ 广岛 Alvin）

出版发行：西苑出版社

通讯地址：北京市朝阳区和平街 11 区 37 号楼 邮政编码：100013

电 话：010–88636419 传真：010–88636419

印 刷：北京文昌阁彩色印刷有限责任公司

经 销：全国新华书店

开 本：710*500 毫米 1/32

字 数：58 千字

印 张：5.25

版 次：2018 年 8 月第 1 版

印 次：2018 年 8 月第 1 次印刷

书 号：ISBN 978–7–5151–0663–2

定 价：33.00 元

故事发生在一个犹如梦境般诗意的海滨小镇。这是一个关于爱，关于记忆，关于命运的故事。一点点童话，还有一点点残酷。这里存在着许多神奇的事物。会生病的小号、厨房里的宇宙、神奇的塑像、垂钓往昔的人、恋上外星人的阿婆，患上自闭症的蜜蜂……而故事的核心是一场寻找，寻找我至爱的人——慧慧。慧慧是谁？在她的身上究竟发生了什么？当一切谜底揭开，欣喜与悲伤依旧如星辰般流转、轮回。

海滨公路

在这个晴朗的日子，我走出家门，来到通往酒馆的柏油公路上。

我总是会被一些念头突然控制。比如刚才，待在屋子里想要随便写点什么东西，我刚刚找到笔和纸，忽然就感觉喉咙发紧，身体迅速干枯下去。我快步走到厨房的冰箱前，打开冰箱门——空空如也——除了几根黄瓜和一根过期的火腿肠。可我需要的是酒，大量的啤酒，足够浇灌我，使我生长出炫目的啤酒之花。我来不及换衣服，就穿着大裤衩和这身皱巴巴的黄色海滨休闲衬衫，踏上了通往酒馆的朝圣之路。

公路又长又宽，两旁栽种着我不认识的植物。那些绿色的植物身上布满红色的斑点，看一会儿就会让人头晕目眩。

我感觉已经走了好几年，却总也走不到想去的地方。公路两旁没有人，只见海边硕大的礁石上有几个垂钓者。从我这里看过去，他们的身影是黑色的小点，一动不动，排成一列，就像停在枝丫上的乌鸦。

一辆车幽灵般悄悄行在我的身侧。起初，我没有注意到它，当我看到这个庞然大物时，我被十足地吓了一跳，几乎从它身边快速弹开。它全身都是银色的，在阳光下闪烁着芒角。它安静得就像蹑手蹑脚走在猎物身后、想趁猎物不备突然扑上去的北极熊。尽管我并未真的见过北极熊……

车门缓缓地打开了。驾驶员左手做帽檐状，阴影挡住了他的脸。

“我看不到你的脸……”他嘟囔了一声。

看不见我的脸？这是什么意思，难道我的脸已经蒸发不成。我连忙摸了摸我的脸，凹凸有序，所幸还算正常。

“阳光太刺眼了，我看不到你的脸……”他又嘟囔了一句。

我这才意识到，我于他正好是背光的位置。阳光从我身后猛烈地喷射着。我便挪到车尾的地方，这样他扭过头就能看到我，还不用担心逆光。

他扭过头来。这时，我看到他没有脸。没错，一张如空白的扑克牌一样的脸，没有五官，更没有表情，完完全全的空白一张。

原来是传说中的“无脸人”。我立刻想起了一句谚语 :“只有无脸人才想看清你的脸。”这句话貌似是拉松对我说的——他好像什么都懂。

“请问，‘彗星酒馆’怎么走? ”无脸人问道。

我朝那个方向指了指，“喏，看到那个黑色的影子了吗，就是那里，那里就是‘彗星酒馆’。”我说道，同时舔了舔干枯的嘴唇。

无脸人关上了车门，几秒钟后，车门又打开了，那张空白的脸又从车里探了出来。

“谢谢你，”无脸人对我说道，“我载你一程吧。”

彗星酒馆

在彗星酒馆，空气里都飘着甜蜜的味道。多亏无脸人的搭救，我才顺利来到了这里。后来我才知道，原来是我走错了路。或者准确一点说，我走在了一条“假的公路”上。这是经常听说的，不过，我却是第一次遇到。有时，这里的公路会莫名其妙繁殖出无数条假的公路，一旦你没有分辨出来，踏上了假的公路，那么，不把你弄到筋疲力尽它是不会罢休的。

他们哈哈大笑起来。带头的是拉松，他的大

胡子笑得一翘一翘的。“你竟然会犯如此低级的错误，”他擦了擦眼角笑出的泪花，“难道你没有看到路边带斑点的植物吗？它已经给了你明显的暗示。你知道，这里的公路只有一条，每天都长长地趴在地上。所以它很无聊，你要允许它偶尔跟你开个玩笑。不过，它不会把你怎么样的，它只是无聊而已。”

“好吧好吧。”我不再想聊这个话题，“先干一杯。”

于是我们干杯。啤酒已经喝了两扎了，我的每个快蔫死的细胞终于又活泛了起来，跃跃欲试。靠在酒馆舒服的沙发靠垫上，我盯着天花板上的星星看。彗星酒馆装饰得非常有特色，墙壁故意用一层黑色的塑料布蒙起来（据说这种塑料布是进口的，有吸收光线的功能），于是，整个酒馆无论什么时候都显得十分幽暗。而微弱的光亮则来自四周酒柜上的蜡烛，和天花板上的小灯盏。那些小灯盏没有规则地排列在一起，发出白得发蓝的光，抬头看，真的很像是一大片星空。我很喜欢这人造的星空，总会在喝酒聊天的间隙欣赏一会儿。

“喂，你们有没有见到徐福？”忽然一个人说道。

徐福，彗星酒馆最有名的小号手，也是我最好的朋友之一。我这才意识到，我已经有好几天没有见过他了。“他太孤僻了，”有人说道，“如果他不在这里，我们根本不会想起他。我想，如果他死在了家里，可能也得过上十天半个月才会被发现……”

“不要瞎说，”拉松喝了一大口香草啤酒，胡子上还沾着啤酒沫，“我们离不开他的小号，尽管我们不可能时时刻刻都想着他的小号，但只要给我们一点时间和提醒，我们都会想起他的，不过——谁知道他这几天到底怎么了？”

没有人知道他怎么了。我也不知道。如果不是有人提醒，我甚至都没留意他已经好几天没来酒馆吹小号了。我不禁回忆起他吹小号时忧郁而迷人的样子。他很腼腆，只喜欢与自己的小号朝夕相处，如果让他离开他的小号几分钟，他就会变得手足无措，眼神直愣，冷汗直流。我们都见过他这个样子。不过，说句实在话，他确实很有魅力。

我们决定喝完酒就去看看他，然后我们转换了话题。话题变得零碎，像是撕碎的纸片，每个人都抓住其中的一页，各聊各的，无聊连成一体。酒馆里闹哄哄的，我太过舒服，因而有些疲惫，便放慢了喝酒的进度。就在这时，我看到了那个无脸人。

无脸人独自一人坐在角落里。女士们都躲着他走。在他的面前摆着一杯鸡尾酒，他坐在那里，并没动它，因为他没有嘴。他看上去孤独透了，整个人都浸泡在孤独的池塘里。

我端着啤酒走了过去。再怎么说，是他帮助我走出了困境。我坐到他面前，他微微地抬起头来。“你为什么来到这里？”我示意他干杯，虽然这对他没什么用。

“我是来找我的塑像的。”他说。于是我明白了。他点点头，跟我碰了下杯，然后又将酒杯原封不动地放回桌子上。我们沉默了片刻。在这里，你是无法和一个没有喝酒的人交谈的。我很快就不耐烦了，我喝光了我的酒，重新回到人群里。而他继续对着酒杯发呆。

“那个家伙……”拉松有点鄙夷地瞥了他一眼，“一看就是个气氛破坏者。”

“算啦算啦。”我说，跟他干了杯，“他是个好心肠。这就够了。”

酒馆的另一个角落里，一支爵士乐队正在演奏着。缺席了小号手徐福，我们觉得并没有什么影响，可那几个乐手显然有些失落。过了一会儿，他们看上去口干舌燥，便停止了演出，走到人群里喝酒。“真是糟透了，”其中一个乐手解开了衬衫上的两粒扣子，喝了一大口酒，抱怨道。“哪里，我们都觉得很好啊。”我们安慰他道，不过，我们确实没有感觉到有什么不同，甚至觉得比徐福在时还要优美一点，因为徐福总喜欢发出一些奇怪的音符。

“不不不。”那个乐手说，“这是很不一样的，我们都很沮丧。”

我看到拉松耸耸肩。我们确实不懂音乐。

其他几个乐手聚在一起，无聊地打着扑克牌。其中一个还用果汁吸管做了一个泡泡圈，穷极无聊地吹起泡泡来。在烛光和灯光的映照下，泡泡显出不同的颜色，一串串悬浮在酒馆里。一个泡泡飘到我旁边，我伸出手想要抓住它，可还没等我碰到，它就破碎成了无数滴小颗粒。我抬起头，更多的泡泡正在向我涌来。

小号手的家

我们集体来到徐福家，把他吓了一跳。记得以前我曾来过这里，不过是很久以前了，或许那时我们还不认识。我曾做过许多职业，比如游泳教练、清洁工、酒保、送牛奶的小工等等，在我做送牛奶小工时，可能来过这里。

他的家位于海滨小镇很偏僻的一处小屋里，在一座悬崖的后面，我们必须要费好大的劲才能绕到这里来，而在平日里，我们根本不会留意这里。这是一座两层的白色小楼，第一层是房东的房子，第二层是徐福的。众所周知，他是一个穷光蛋，得看房东的脸色过日子。我们走上缠在房子外面的露天楼梯，敲响了徐福家的门。就在门已被敲响的时候，我们仍带着疑惑：为什么要到这个鬼地方来？或许仅仅是想打发时间？

门开了，徐福吓了一跳。他连忙想要关上门，被我们制止了。“嗨，放心，我们不是来讨债的。”拉松安慰道。我们都很理解徐福的心情：他总是到处借钱，几乎在我们每个人身上都欠了一笔。他肯定以为我们是集体来讨债的。

他像一个门童似的笔直地站在门口，眼睁睁地看着我们鱼贯而入。他的房子又破又乱，各种书、唱片、画册、脏衣服堆了一层又一层，几乎快把房间淹没了。我们费了好大劲，才把几张椅子和沙发从那些垃圾里挖掘出来。

“你们……”徐福愣愣地看着我们。他穿着乱糟糟的睡衣，头发也没有打理，眼圈黑乎乎的像是被烟熏过，完全没有他平日里吹小号时的风采。唯一没变的是他腼腆甚至羞涩的性格。现在，他站在门口，两手不停地揉搓着。

“好久没见了，兄弟，最近遇到了什么事？”拉松坐在软塌塌的沙发上说道，“我们都很想念你，想念你的小号，你可是‘彗星’酒馆的招牌啊。”他这话说的没错。这几天徐福不在，来酒馆的姑娘们也少了许多，这让我们非常难过。

“谢谢大家的关心。”徐福不好意思地笑了笑，随即又恢复了那种神经兮兮的表情，好像一个炮仗刚刚在他耳膜旁爆炸。他走到厨房里，给我们拿来了一些饮料。他的杯子不知多久没洗了，拿在手里黏糊糊的。我们象征性地干了杯，然后将饮料放在一旁，只有徐福一饮而尽。喝完后，他显然精神了一点。

“告诉我们，发生了什么事？”我问道。我点燃一支烟抽着。他看着我的烟头，显得有些紧张。我知道，他是害怕引起火灾，因为到处都油乎乎的。

“是这样……”徐福还是那副谦卑的样子，这让我想到如果露天餐厅的服务员也是这样就好了，“我的小号生病了，这两天我在照顾它。有点焦头烂额了。”

“原来是这样？”拉松点了点头，“怪不得……”我们都知道，小号一直都是徐福的命根子，他与他的小号相依为命。在这个海滨小镇，小号是他唯一的亲人。我们的目光中透出担忧的神色，因为看样子事情还挺严重。我们跟随徐福走进另一个房间。这个房间看起来要比客厅整洁多了。在房间的一角，我们看到了那只生病的小号。

小号躺在一个类似于婴儿床的小床上，下面铺着柔软的红色毯子，上面盖着毛巾被。小号确实病得不轻，看上去软塌塌的。“那段时间它总是出现杂音，”徐福看起来非常难过，“我没有在意，直到有一天它再也发不出声音了，而且生了一层绿色的锈……所幸没什么大碍，我找过乐师了，他们给它做了维修。只要精心调养一阵子就没事了。”

“那就好，那就好。”我们齐声说。

“我们希望它早点好起来。”拉松瞥了一眼软塌塌的小号，两只大拇哥像小孩子那样缠绕在一起，“酒馆的爵士乐队不能没有你。”

徐福看上去很感动，他提议想请我们再喝一杯他自己调制的饮料。

“不用了，不用了。”我们摆了摆手。拉松说：“我们一会儿还要去露天餐厅。时间不早了，那我们就不打扰了。”说着我们开始往外走。徐福把我们送到门口，他看上去比一开始开心多了，眼睛里重新焕发了神采。显然，我们的探望让他感到很快活。

我最后一个走出去，徐福拽住我的胳膊，在我耳边低声说：“慧慧怎么样？找到了吗？”

“没有。”我叹了口气，“祝你的小号早日康复。咱们再见。”

露天餐厅

露天餐厅的服务态度总是很差劲，但唯一的好处是酒和食物便宜，因此我们每次都喝得醉醺醺的。我们围坐在一张大桌子周围，上面凌乱地摆满了酒瓶。星空在我们的头顶闪耀。在这里，我们可以看到不远处的大海。大海黑黝黝的，尽管耳边不断传来海浪拍击礁石的巨响，但海面此时看上去如同静止的布匹，或是一座巨大的洞穴。只有偶尔的渔火和灯塔微弱的光一闪而过，随即又沉入无边的黑暗。我看着那里，沉默无言。

“看什么呢？”拉松推了一下我，也随着我的目光看过去。他的脸喝得红通通的，酒瓶在他的面前堆积如山。他的肚子似乎是一个无限的空间，多少酒也填不满。我看着他笑了笑。我知道自己的表情一定很傻。在酒精的作用下，我的脑袋像是包裹在一只密不透风的塑料袋里，难受且不清醒。我看到一个身影在露天餐厅拐角处倏然而过。我猛地站起身，撞倒了身后的椅子和脚下的酒瓶。顿时，像是引发了多米诺效应，酒瓶纷纷滚落在地。

餐厅服务生怒气冲冲地走过来收拾。他们连看都懒得看我们一眼。这里的服务生总是很傲气，因为他们有海滨小镇最便宜的酒水，这就是他们傲气的资本。他们拿起扫把故意在我们脚下扫来扫去，我们躲避不及便会遭到抽打。我们尽量站得远远的，平和地看待这一切。

服务生离开后，我们重新坐下。我心烦意乱，用勺子挖着过期的巧克力小蛋糕。这里巧克力的味道不比泥巴好吃多少。不过，当我反应过来它很难吃时，它已经被我吃得差不多了。

阿鲸点着一支烟抽着，用余光打量着斜前方的一个女服务生。她叫莉莉，是这里唯一的一个女服务生，而且长得确实很正点。阿鲸本来不太喜欢来露天餐厅，可自从莉莉出现后，他就天天混在这里。不过据我们所知，目前他连话还没跟莉莉说过一句。

在露天餐厅，像阿鲸这样的窥视者并不少。莉莉所到之处，便会牵引大批目光。其中，有些胆大的曾上去试着跟莉莉搭讪，无一例外地都碰了钉子。阿鲸没有这个胆量，就算喝了酒也无济于事。莉莉现在正专心致志地在灯下看一本航海杂志。

拉松他们又开始和周围的酒鬼胡侃神聊起来。我心不在焉，环顾四周。刚才那个身影再也没有出现。不用说，那一定是幻觉。这样的幻觉越来越频繁了。我总是会在人群中忽然看到那个身影，而当我追过去，那个身影便像消失在了空气里。还有的时候，我会突然听到她轻呼我的名字。那声音是如此真切，仿佛触手可及。可这一切也仅仅是幻觉。

我有些失落地看着不远处的海面，同时不停地喝酒，想快点醉过去。星星在头顶小铃般摇晃着，仿佛也喝多了，却怎么也落不下来，在夜空中打着转，相互追逐。薄而扁的月亮冷冷地挂在一角，像是被闲置在一旁的生了锈的铲草机。夜色很好，预示明天是个好天气。

此时，阿鲸和拉松正在听阿婆讲述自己被外星人绑架的事。阿婆岁数已经很大了，算是这里年纪最大的酒鬼。按照这个岁数来说，她的酒量可谓惊人。不过这不重要，真正让阿婆出名的是她年轻时被外星人劫持的事。每次喝醉，她都会把这件事讲一遍，而且每次的故事内容都会有所不同，但最后的结局是一致的：她爱上了那个高大的外星人宇航员。

“他答应我会再次回来找我的。”每当说到这里，阿婆都会露出一丝羞涩的表情。这时的阿婆显得十分可爱。

这个故事我们早就倒背如流了，因此阿婆总是不得不加一些新的桥段吸引住我们。她很享受讲述故事的过程。当她说起那个高大英俊的外星人，她的两眼就会闪烁别样的光彩。我们谁都没有见过外星人，不过，有机会的话我们真的很想见见“他”。

我和拉松曾争论过“他”会不会变老的问题。外星人怎么会变老呢？这是拉松的观点。外星人怎么就不会变老？这是我的观点。争论一直没有结果。

夜色更深了，连海浪的声音也有了催眠的效

果。露天餐厅打烊后，我们各自分手。我的膀胱胀得难受，就一个人走到海边方便。夜晚的海面平静深邃，我深深地吸了口气，又呼出来，同时将体内的啤酒排了出去。空气很凉爽，提裤子时我接连打了几个冷战。

如此空旷的时刻。我沿着海岸走。星星也安静下来，像是漂浮在水面上的点点灯盏。慧慧的身影又一次将我的大脑填充。此时此刻，我为什么会出现在这里？我的左边是海，右边是夜色，脚下是细软的沙子。我置身其间，轻轻地走着，仿佛不愿打扰到什么。

厨房里的宇宙

我的家建在离码头不远的某个地方。从窗子往外看，就能看见并排着捆在码头上的小船。在这里没有大型的船，全部都是这种最多能容纳两三个人的小船。它们现在休息了，相互靠在一起，海水在晚风的吹拂下轻轻地推着它们。它们就这样缓缓地漂在海面上，却从不失散。有时，我会听到它们在寂静无人的夜晚彼此轻声交谈。

我的房子不知道是什么时候盖起来的，也不知道是谁盖的。总之，有一天我发现这个房间竟然一直空着，于是我就住了进去。没有人来驱赶我，也没有人来问过我，仿佛这间房子就是为我而建。我将里面破旧的家具通通扔到了海里——本来我是想卖给那些渔夫，可渔夫是不需要家具的。后来，有几个渔夫将我的家具又打捞了上来，堆在码头上当柴火使。夜晚，一些不愿回家的年轻人聚集在这里，点燃柴火，与渔夫们一起围着篝火喝酒唱歌。每当这个时候，我都想加入他们的行列，但我一次也没有去过，我只是透过窗户静静地看着他们，看着篝火熊熊燃烧起来，发出毕毕剥剥的响声。他们唱着我不曾听过的歌。

我往这间房间里添置了新的家具，还有冰箱、电视和沙发等。我曾与慧慧在这间房子里生活了很长的时间。现在，房子里只剩下我一个。我不知道慧慧在哪里。其实，我并没有那么想念她，只是在无事可做时，我就会想起她。我没有别的可想，也只能想念她。想念她的头发，想念她的锁骨，以及她身上淡淡的柠檬香。她还未离开的时候，有一天，她从海里发现了一只口琴。那只口琴是放在一只漂流瓶里的，她在海边散步时发现了它。我之前从不知道她的口琴吹得那么好，而在此之前我也不知道音乐原来是有颜色的。心情好时，她喜欢吹蓝色的音乐，心情郁闷时，她就会吹灰色的音乐。她离开时，并没有带走口琴。它现在静静地躺在卧室床头柜的第二个抽屉里。

我拿出口琴，轻轻地吹了几下，完全不成曲调。我承认，自己没有音乐细胞。于是，我就把它握在手里，就这样握着也挺好。我回到客厅，坐在书桌前，继续写起信来。

我在给慧慧写信。我不知道寄往哪里。以前我也喜欢写东西，不过，写的是一些不入流的航海小说。写完后，我就给慧慧念一念。她喜欢听我念小说，但并不总是很认真，有时念着念着就会在沙发上睡着。有时，我实在懒得写字，就让她帮我写，而我负责口述。她的字是那么漂亮，仿佛赋予了每个字全新的意义。我舍不得将她的笔迹投出去，就悄悄留了起来。

我将我写的小说投给航海杂志，然后过一段时间，就会收到退稿信。尽管失落，但我早已习以为常。我们将退稿信叠成纸飞机，或者一些简单的小动物形状，串起来挂在卧室的墙上，像是帘子一样。自从她离开后，我就再也叠不出像样的形状了。

我已经许久没有收到过退稿信了，因为我不再写小说，而是给她写信。写完后，有时我会在客厅大声念出来，好像她就坐在沙发上，像以前那样安静地听着。信中的许多内容是重复的，其实，我并不善于遣词造句。如果她听到一定会笑的，或者昏昏欲睡。

夏天已经到来了，码头上的人也多了起来。他们总是很喧闹，数次打断我的思路。我将笔放下，走到厨房，准备从冰箱里找点喝的。就在这时，我看到了“宇宙”。

宇宙就在水池的下面，是慧慧在某天清晨发现的。她当时很惊讶，她从未想过她竟然会在厨房里发现一个微缩的宇宙。它只有沙滩排球大小，像是一团毛茸茸的东西。但你仔细看就会发现，它的内部闪烁着无数星云。这确实是一个缩小的宇宙，像是谁造出来的仿真模型。我们都不知道该拿它怎么办。听拉松讲，这种小宇宙并不稀奇，之前有许多人都在自己家里发现了它。一些人干脆将它视为宠物，不过，它们可能会在某个时刻突然消失，就像它突然到来时一样。我曾担心慧慧离开后，它也会消失，但没有。

我蹲下来，看着它。它内部的星云在旋转，像是一个涡流。我不知道，我所在的宇宙，是不是也是在某个人的厨房里。

白天，它只是一团漆黑。而到了晚上，夜幕降临，它就会显出莹莹的光。在慧慧走后，我总是喜欢坐在厨房的地板上，拉上窗帘，关上所有灯，对着它一边喝酒一边发呆。有时我会想，它真的是一个“宇宙”吗？可能它仅仅是某种我们不知道的暗物质，只是长得像是个宇宙罢了。可不管怎样，我挺喜欢这小东西，我情愿把它当成“宇宙”。这是一个有点羞涩的宇宙。

夏季的夜晚是短暂的。夏季的夜晚，与白天根本是两个完全不同的世界。或许在某个夜晚，她会回来。

有时，我不禁怀疑：我真的是在思念她吗？也许，我思念的只是她的离开。这个念头使我感到悲伤。

没有灵感的早晨

又是一个白天。日历的一页自动飘落。像是往常那样，外面的海浪声将我吵醒。

海边的空气很清爽，我朝彗星酒馆的方向走去。

我发现我的手里还拿着昨晚写给慧慧的信。寄不出去的信。海风吹得它在我手中呼呼作响。我忽然觉得一股无力感席卷全身。这些信，我一个字也不愿去读。于是我将信纸抛到空中。

我继续往前走。可那几页信纸却一直跟着我，时而盘旋在我头顶，时而围绕在我身体两侧。我快步走着，却怎么也甩不掉它们。于是我恼怒地抓住它们。它们在我手中立刻服帖了，我三下两下，将它们撕为碎片，用力抛洒。

这是一个错误。这些碎片对我依然不依不饶，像是一群病变的白蝴蝶对我穷追不舍。我走到哪里，它们就跟到哪里。我走到海边，捧起一把水泼向它们，它们灵巧地避开了。我想伸手抓住它们，它们像是长了记性，怎么也抓不到。

我自知是无法摆脱它们了。我慢了下来，于是它们也慢下来，缓缓地跟在我后面。这时，我看到几个在海边放风筝的人。他们同时也看到了我，露出惊讶的表情，随即又哈哈笑起来。我知道他们是看到了我身后的碎纸片。

素不相识

我对那些碎纸片说："来吧，我不会再伤害你们。"

我伸出手，它们轻轻地落在我的手里。我将它们揣进裤兜。

我双手插兜，朝酒馆走着。海风大了起来，吹起了我的衣服。

在海滩上，立着许多塑像。那些塑像有的已经被沙子埋了半截，有的则几乎完全被掩埋。在蓝天的映衬下，塑像显得有些肃穆。我看到无脸人在这些塑像中间逡巡，我记得他告诉过我，他来到这里就是为了寻找自己的那块塑像。

在这里，我们每个人都有属于自己的塑像。

我走过去，跟他打了一个招呼。他冲我点了点头。这张看不到表情的脸，使我觉得有莫名的吸引力。“怎么样了，找到了吗？”我问道，同时抚摸着旁边的一块塑像。很多塑像我并不认识，更何况，里面有许多人已经死去。我忽然想到：我的塑像在哪里来着？

“没有。”无脸人略显无奈地说，“一无所获。”

“慢慢来，不要着急，总会找到的……”我喃喃地说。“慢慢来”，这是我的口头禅。不自觉地，我又想起了慧慧。她已经失踪很长时间了。我突然意识到，其实我从来没有真正找过她。尽管有许多人问我：“找到了吗？”我都会回答：“没找到。”而不是“没找过”。

裤兜里的碎纸片又开始蠢蠢欲动，我使劲按住裤袋，不让它们飞出来。

“再见。”我跟无脸人告别。酒馆就在前方，我可以看到它的招牌。而在酒馆的对面，有一家天蓝色的冰激凌小店，有一些人在排队。我决定先买一个冰激凌吃，于是我加入了队列。站在我前面的是一个女孩。她的个子和我差不多高，穿着蓝色小褂，里面的黑色衬衫稍长，露出一角。她戴着一顶草织遮阳帽，可以看出留的是短发。

队伍很长，挪动的速度也很慢。有的人干脆看起报纸来。我有点后悔买冰激凌的决定了，不过当我回过头，看到我的身后已经形成的长长队列，我觉得如果不排下去似乎有点亏。穷极无聊中，我将裤兜里的碎纸片掏出来，做拼图游戏。它们被我撕得很碎。

“你在干吗？”我抬起头，看到前面的短发女孩侧过身来，正看着我手里的纸片问。她把帽子摘了下来，稍显焦躁地给自己扇着风。她微微有些出汗，精致的鬓角服帖地粘在她的侧脸。我吹口气，碎纸片被吹走，绕了一个圈，又重新回到我手里。女孩饶有兴致地看着。

“不好。”忽然有人喊了一声。接着，天空中就下起了一阵“太阳雨”。油滴一样的阳光一颗颗掉落下来。人们猝不及防，顿时被淋了一身，立刻响起一阵抱怨声。这种太阳雨淋到衣服上很不好清洗。我和女孩看着彼此身上闪光的雨点，哈哈笑起来。

由于前面许多人不得不赶回家洗衣服，我和女孩很快就买到了冰激凌。

我们并排站在海边吃着。

刚刚下过雨的海面，浮着一层耀眼的阳光。我想跟她说点什么，但最后什么也没有说。我们看着海面上的光，吃完了冰激凌。

“再见。”她对我笑了笑。

“再见。”我说。

然后，我们各自走向相反的方向。

“南极遇难者”

酒馆里，我又看到了徐福。看样子他的小号终于康复了，现在它显得很坚挺。徐福神采奕奕，卖力地吹着，腮帮子鼓得像是一只大青蛙。几只鸟从小号嘴里飞出来，扑扇着翅膀盘旋在人群中，绿色和红色的羽毛落了一地。

“哈哈，看看这个家伙，被淋了一身。”我刚一进酒馆，就听见拉松喊了起来。刚刚下的那场太阳雨还有斑斑点点的阳光沾在我的身上，在昏暗的酒馆中十分醒目。没有办法，我只好露出满不在乎的笑容，而内心其实很是窘迫。

“刚刚赶上了一场‘太阳雨’……”

徐福看到了我，朝我点了点头，并没有停止演奏。他的回归使酒馆的爵士乐队爆发出了比以往更强劲的力度，酒馆里的人几乎陷入了痴狂。今天的音乐是鲜艳的红色，像是一块红布飘荡在一帮喝醉酒的公牛头顶。

一只接一只的鸟从徐福的小号里飞出来。酒馆里的鸟越来越多，空气里弥漫着禽类的味道。很多羽毛落到了酒杯里。一些对羽毛过敏的人开始不停地打喷嚏。而有些人则企图将那些鸟逮回家去。酒馆简直混乱极了。我们看着这一切，哈哈大笑。

在彗星酒馆，我能感觉到一种短暂的放松。仿佛这里可以帮我照看一会儿我的灵魂，使我什么都不用想。在这里，我们比一只虱子还要轻松。我们蹦跳在酒馆这块慷慨的皮肤上，吸它的血，将自己变得充实起来。

“尝尝这个。”拉松把一杯酒推到我面前。

“这是什么？”

“尝尝就知道。”

我看着眼前的这杯酒。酒没什么特别，只是不停地从杯子里往外冒蓝色的烟，像是有人往里面放了一块干冰。我拿起杯子，几口喝了下去。然后我坐在那里，看着拉松。拉松的脸上带着神秘莫测的笑意。“没什么……”我的话还没说完，就感觉身体一阵冰凉，牙齿开始打颤。一些细小的冰粒从我的皮肤毛孔里钻出来，密密麻麻，很快就覆盖了我的全身。

我一动也动不了，就像是被封在了冰冻的湖里。

光越来越暗。巨大的深海生物静静地游弋在我的四周。

当我重新睁开眼睛，我知道自己仍在酒馆里。但我确实感觉已经经历了漫长的时光。我慢慢地活动了下脖子和四肢，吐出一口冷气。

我的全身都湿透了，那是冰粒融化后的结果，同时皮肤上还沾着一些尚未融化的冰粒，我抖动身子，将它们从皮肤上抖落。

我的心脏砰砰地跳动。我大口地喘着气，喷出团团白色的雾气。我感到嘴唇犹如一条死去的深水鱼般冰凉。

“怎么样，够爽吧？它有一个好听的名字，叫‘南极遇难者’，可以让你体会到濒临死亡的感觉。”拉松显然对我的表现很满意，“这种酒刚刚被调试出来，价钱很贵，这次算我请你啦……”

我半天才缓过劲来。难受感渐渐褪去，现在，我的呼吸里有一种薄荷的清爽，这让我感觉很舒服。我尽量放慢呼吸节奏，使这种清爽更绵长一些（甚至我的耳廓也感到很清凉）。

徐福走了过来。他头上全是汗，刚才的演出实在太卖力了。他随便拿过一杯酒，一饮而尽。“我觉得状态好极了。”他满面红光地说，然后注意到了我，“你怎么了？”

我相信我现在的样子一定很蠢，我还在享受着“南极遇难者”带给我的独特感觉。我觉得一切都轻飘飘的，包括徐福的声音。

“我很好，你最近怎么样？”我说。

“不错。”他坐下，“我的小号完全康复了，并且充满活力。有的时候根本不是我在演奏它，而是它在演奏我。我变成了它的一件乐器，那种感觉真是妙极了……”他的头发上还沾着几撮鸟类的羽毛。他抱着装小号的盒子，就像是抱着一个婴儿。

徐福的爵士乐队下去后，舞台上换上了一个穿着睡衣的弹吉他的民谣歌手。他弹奏的歌曲很轻柔，轻柔得让人昏昏欲睡，不一会儿，那个民谣歌手也在舞台上睡着了。

“我要去一趟露天餐厅，”打了一个长长的哈欠后徐福说道，“听说今天中午会推出一款新的菜，可以试吃三个月，试吃期间打五折，我准备去试试。”

我们都知道，徐福手头几乎没有宽裕的时候，他的大部分钱都用来付房租了。那个黑心的房东，将他手里的钱都收进了自己的腰包，但徐福并没有换房子的打算。“我喜欢那里，那里可以给我创作灵感。”徐福总是这么说，而房东也正是看中了这点，对待徐福就像对待奴仆一样。有时，我们觉得徐福真的是又可怜又可恨。

“我和你一起去。”阿鲸说。

于是，他们两个跟我们告别，走出酒馆大门。拉松还没有从刚才的催眠曲中完全清醒过来，显得睡眼婆娑。我仰望天花板发呆，星空在头顶缓慢旋转着。我的衣服上还闪烁着油渍般的阳光雨滴。而在某个瞬间，我的脑海里闪现的是一片南极的荒凉景象……

聚会

我和女孩再次见面，是在阿婆的聚会上。那天，我在露天餐厅正在吃他们推出的半价新菜——香蕉炒饭。我对着满满一大盘子的炒饭有些绝望，而坐我旁边的徐福则吃得津津有味。他已经连着吃了有一个多月了，说话时嘴里都会散发出一股香蕉味。

“吃这个可以让我省下一大笔钱。”徐福大口嚼着，不时有黄色的饭粒从他嘴里喷出来。他告诉我，最近他想攒钱给他的小号买一个更舒适的盒子。

就在我决定缴械投降的时候，阿婆笑眯眯地走了过来，拉出旁边的空椅子，在我面前坐下。我看到她的手里提着篮子，里面装满了各种食物和食材。

徐福借口去结账，转眼不见了。

“您有什么事吗？”我问，同时假装依然在吃。

“我想邀请你参加我的聚会，明天中午。”阿婆依然笑眯眯地说。

“什么聚会？”

“就是一些朋友……有的来自其他地方，很远，我们难得聚上一次。如果你也来参加，我会很高兴的，”她冲我眨了眨眼睛。

她站了起来，“那就这么说定了，你慢慢吃。”说完，她摇摇晃晃地走了。

我走出露天餐厅时，看到在另一张桌子上阿鲸和莉莉聊得正开心（他是什么时候勾搭上的？）。不知阿鲸说了什么，莉莉笑得前仰后合。阿鲸坐在背对我的地方，我能看到他的面前同样摆着一盘满满的香蕉炒饭。显然，这是莉莉推荐给他的，或许这种搭配正是源自莉莉的主意也说不定。在聊天的间隙，莉莉不时把餐盘往阿鲸那边推推，提醒阿鲸别太专注于讲话而忘记了吃饭。我看到阿鲸舀了一大勺放进嘴里。

第二天，我来到阿婆的家。我按响门铃，竟然是她开的门。我在门口愣了一下。

“你也在？”我说。

她比那天买冰激凌时更漂亮了，穿着干净的白色连衣裙。她显然也有点惊讶，不过看上去很开心。“进来呀。”她笑着说，将我拉进客厅里。

客厅里挤满了人，大约有二十几个，全都是女人。她们有的在交谈，有的在吹气球，有的则忙进忙出不知道在干些什么。我来时沙发已经没地方坐了，只好和她一起坐在地毯上面。一台小型唱片机在角落里唱着，但在各种嘈杂声中，它显得很无助。

“我还不知道你的名字呢。”她说，顺手拿过一只气球吹了起来。

“我叫阿唐。”我说，“对这个名字有印象吗？”

“没有。”她漫不经心地说，将吹好的气球在手里玩着。

“你叫什么名字？”我问。

“你可以叫我‘素不相识’。”她对着气球笑了笑，然后看着我，说：“你肯定不会相信，我忘记了自己的名字……”

“那我就叫你素素好了。”我笑着说。

“这个名真傻气……”她说，将气球放在了地毯上，“不过我倒无所谓。”

“阿唐。”我扭过头，看到阿婆穿着围裙，在朝我挥动右手的汤勺。她走过来，说：“你来了也不跟我说一声，我都忙得焦头烂额了，快点过来帮我……还有慧慧也一起来吧。”

阿婆看着她。

“慧慧？我不叫慧慧，我叫素素。”她忍不住笑了起来。

“不好意思，我看到阿唐就想起了慧慧。”阿婆冲我眨了眨眼睛，“好了，赶快帮我干活吧。”

这是一个叫作“邂逅外星人协会”的组织举办的聚会，而阿婆是这个协会的资深会员。顾名思义，想要加入这个协会唯一的条件，就是你曾经和外星人“邂逅”过。

“让我们举杯！”阿婆提议道。在这个协会里，她的发言很有权威。

“干杯！”每个人的兴致都很高。他们的胸前都佩戴着一枚印有外星飞船图案的绿色胸章，证明都是自己人。但我和素素除外。我俩尴尬地坐着，低头吃菜。

“我想要离开这里。”素素低声对我说，“在这里我感觉自己像个外星人。”

“那咱们走。”

我们慢慢地往门口挪动。他们聊得太投入了，根本没有人注意到我们。于是，我们悄悄溜了出去。世界一下子安静了下来。

午后

世界一下子安静了下来。这样的安静使我们突然有些不适应。我和素素并排慢慢地走着，彼此沉默着。我这才意识到，我们还不算熟悉，只是刚才嘈杂的环境使我们暂时站在了一起，而现在，那种环境消失了，我们之间的壁垒也像是种子一样迅速破土发芽、茁壮成长。我们就这样不声不响地走着。这是一个晴朗的下午，阳光照耀在青草上，睡梦中的蜜蜂停留在上面。万物的影子在不易察觉中慢慢倾斜。一些蒲公英的种子飘散在微风中。没有言语，我们朝着草地的方向走去。

野生的草地

我们走到这片寂静的草地上。这是一片野生的草地，却像是有人经常剪修般平整。我们走上去，感觉脚下的土地变得富有弹性和节奏。素素穿着一袭白色长裙，稍稍走在我的前面。我看着她的短发和后脑勺，以及裸露在空气中的脖颈的皮肤。我和她离得如此之近，以至于我可以闻到她身上的气味——但我分辨不出这究竟是她的气味，还是青草或阳光的气味。一切都似乎融合在了一起，像是一幅风景画，哪一样都无关紧要，但哪一样都不可或缺。

这片草地很开阔，很安静，像是某个睡梦中的场景，阳光毫无阻碍地照在这里的每个角落。太过于流畅了，阳光似乎都有些不好意思起来，于是故意将自己折叠成各种形状。于是，走在这片草地上，我和素素看到了三角形的阳光、菱形的阳光，还有圆形的阳光，而有的光线的形状是不确定的，或者说，处在不断的变化中。我们穿过这些不同形状的光线，继续往前走。几只蜜蜂和蝴蝶停留在草尖上，或者悬浮在半空，像是融进了某种透明的胶质物中。它们都在这里睡着了。素素走到一只蓝色的蝴蝶旁，轻轻地触碰了两下蝴蝶的翅膀。这只蓝色的蝴蝶不易察觉地动了动，却没有醒来。一阵风吹来，没有吹走蝴蝶。

我和素素停下脚步，席地而坐。

坐下后，我俩的距离更近了。素素两只光洁的手臂环抱着膝盖，看着前方的舞台。有时几缕头发会不听话地散下来，素素就用手轻轻拂去。她的手指很细很长，仿佛随时在准备弹奏某样乐器。草地热乎乎的，四周一片寂静。

我看着素素的侧脸。由于光线强烈，她微微眯起眼睛。

“完全忘记了。”素素忽然说道。

“什么？”

“我完全忘记了自己是从哪里来的。”素素对我说道，但依然注视着前方，“有时我想回忆起之前的一些事，可是没有用，很多事从我的脑子里被抹掉了。”

我没有说话。

“我知道这很难理解，可是……简单地说，我似乎得了失忆症。”素素说到这里有些沮丧，将头微微地斜靠在膝盖上。

“那么，你最初的记忆是哪里？”我问。

“最初的记忆？”她愣了一下。

“最初的记忆就是一只蓝色老虎。”她微微皱眉，有些艰涩地回忆着，“我睁开眼，发现自己正被一只蓝色老虎驮在背上。不知道为什么，我并不害怕。就是这样，我被它带到了这个海滨小镇。但是，我对这里莫名地有一种熟悉的感觉，好像我以前来过这里似的……”

我闭上眼，脑子里浮现出那只蓝色的老虎。它毛发上的图案，它强壮有力的四肢，还有它明亮如炬的眼睛……

“喂。”

我睁开眼，看到素素正在盯着我看。“你不会是睡着了吧？”之前的阴霾似乎从她的脸上一扫而光，现在，她又露出了明丽的笑容，“我说完了，你也该说说了吧？”

“我？”

“是啊，慧慧是谁？”她有点狡黠地看着我。

“慧慧是我的爱人。”我和她对视着，“她离开了我。”

她避开了我的目光。“为什么，她为什么离开你？”

我没有回答。

风有些凉了。素素站起身。风吹动她的白色裙摆。弧形的光缓慢地围绕在我们身旁。

沙滩足球

在彗星酒馆，我听到了将要举行沙滩足球赛的事。那时我正舒服地瘫软在酒馆的沙发中，半醒半醉，听着徐福激昂的爵士乐。徐福这个家伙，总是会即兴地改编曲子，或者发出一些出其不意的音符。有时他的音乐会因此显得凌乱而刺耳。很多人诟病他这一点，但他总是我行我素，时不时地冒出奇怪的曲调。

“如果不是他长得帅，恐怕我早就朝他扔臭鸡蛋了……”一个耳朵里塞着棉球的女人对我说道。而我只是沉默地微笑。其实在这种将醉未醉的状态下听徐福的音乐是最适合的，那些突兀的音调在酒精的作用下变得异常灵动，它们飞驰而来，挑动你的思想和想象，你会觉得仿佛徐福的音乐使人抽离出现实，进入了一个光怪陆离的世界。

我眯着眼，手忍不住地随着音乐打着拍子。那个女人见我不理她，就端着酒杯到别处去了。我的那瓶酒已经喝光了，我闭上一只眼，看着那空酒瓶。我很想此时手里有一把枪让我瞄准，将瓶子打得四分五裂。我站起身，往吧台走去。

拉松正在吧台的转椅上喝酒，我走过去，从后面拍了一下他的背。

“哦。”他之前似乎正在思考什么事，被我一拍才回过神来，“是你啊。”

“想什么呢？”我在他旁边的转椅上坐下。转椅异常灵敏，一坐上便转到了另一边，我只好用手扶着吧台，用上身的力量将它再转过来。

“正好要跟你说件事，”拉松神秘兮兮地说，“刚才酒馆老板说，最近要举办一场沙滩足球赛，赢的一方可以在这里免费喝上半年。这可是个千载难逢的——”

“可是……”我打断了他，同时转椅又莫名其妙地转到了另一边，我只好扭动身子让它再转回来，“可是你知道的，我并不会踢球，如果是游泳的话还可以，我能游很长时间……”

“我现在说的是沙滩足球。”拉松不耐烦地像是切断一根电线一样切断了我的话，“我也不会踢，可这里谁他妈真的会踢？如果我们赢了，那我们至少可以节省一大笔钱，这相当于我们在这里将比一只猫还他妈的幸福。”

“一只猫……”我喃喃地重复着，不知是不是酒精的原因，我没有理解这句话的意思。

“好啦，现在你只要告诉我，你到底参加不参加我的球队？”拉松突然按住我的肩膀，死死地盯着我看。我从他的眼神中看到了某种狂热的光。

“好，好，我答应就是啦……”我假装漫不经心地说道。

拉松的脸上绽放出笑容，放开我的肩膀。我的转椅再一次转到了另一边。我恼火地跳下转椅，想看看这玩意儿到底是怎么一回事……

我弯下腰查看，这才发现一个烂醉如泥的酒鬼正躺在转椅的下面，一只手搭在转椅上，不停扒拉着转椅。他睡得很香，我踢了他一脚，没有任何反应，于是我将他的手拿下来，放在地板上。可等我刚松开手，他的手便又搭在了转椅上。我又重复了一次，结果还是一样。我只好放弃。

拉松还想跟我说些什么，话没出口，他的眼神移向我的身后。我扭过头，看到一个酒鬼正站在我后面。他五十多岁，我们经常能在酒馆见到他，但谁也不知道他的名字，他似乎每时每刻都是邋里邋遢和醉醺醺的状态，而且总是穿得很奇特，喜欢将自己装扮成各种乱七八糟的东西。

这回，他穿着黑色帽衫，裤子也是黑色的，帽衫的大帽子扣在脑袋上。帽子上用细绳拴着两个红色的椭圆形纸盒，上面画着网眼的形状。他正傻呵呵地冲我们笑。

“嗨，老兄，今天你是什么？”拉松打趣道。

“嗡嗡嗡。”他说。

“你说什么？”

“嗡嗡嗡。”

只见他兴奋地转过身让我们看。我们看到，在他的身后，同样用绳子拴着两个翅膀一样的东西，耷拉着。“今天我是一只幸福的苍蝇。”说着他回过身，双手模仿苍蝇的翅膀那样上下忽扇着，“飞”到我身边，在我耳边说：“嗡嗡嗡。”

“你好，苍蝇先生。”我笑着说。接着他又飞到拉松身边。

“嗡嗡嗡。”

“起开。”拉松皱着眉，挥了挥手，“我讨厌苍蝇。”

天台

沙滩足球沉闷而乏味，就像我曾经写过的航海小说。我悄悄地溜了出来，做了逃兵。我将鞋子脱掉，沿着海岸线走，海水不时没过我的脚踝，一些海星被留了下来。我看到几只小螃蟹从湿软的沙子里爬出来，动作很迅速。不远处的海面上，有几个冲浪的人影。这个时刻，我不知道要干什么。我又看到那群蹲在礁石上，像乌鸦那样一动不动的垂钓者。我走过去，其中一个垂钓者刚好钓上来一只发卡。他已经很老了，脖子上布满褶皱。他看着发卡，眼睛里流露出只有年轻人才有的光彩。

“这是我母亲的发卡。”他抬起头，激动地对我说道，“她生前最喜欢这个发卡。”

这些垂钓者，总是能从海水里打捞上一些属于往昔的东西，而这正是他们在这里垂钓的原因（曾经伴随我们的东西随着时光一同沉入了海底。只有当它们再次被打捞出来时，我们才会记起那一段已经逝去的时间，仿佛按下了某个按钮，一下子回到从前）。我看着无边无际的大海，忽然有一种错觉：仿佛世界只剩下“蓝”这一种颜色，“蓝”将侵入我，将我覆盖，我将成为“蓝”这个整体之上的另一小块“蓝”。我闭上眼，满眼都是蓝色。

我点燃一支烟，由于海风的缘故，我试了四五次才成功。我坐在这群垂钓者中间，仿佛我也是其中的一员。或许，在某一天，我真的会走进他们之中，在这里，安静而耐心地打捞往昔的岁月。那时，也只有它们（那些生活的遗迹）才能证明我依然存在。

抽完烟，我跳下礁石，漫无目的地走着。两旁是横七竖八的塑像，它们有的已经快被沙子完全掩埋了。我又看到了无脸人，他在它们中间好似一个考古学家般仔细辨认着。我走过去，拍了拍他的肩膀。他回过头来，我看到他的脸上用红色的彩笔画出了一个笑脸。只是那笑脸画得很简陋，弯弯曲曲的，透着说不出来的怪异。

“你……”我想说些什么，但一时想不起来究竟要说什么。

“怎么样，挺好玩吧。”他对我说道。我仿佛看到他真的冲我笑了笑。

“你还在找吗？”我问。

“是的，不过还没有找到。我相信一定能找到的。”他的语气中带着些许遗憾。

“你还真是执着啊……”我感叹道。

“我只是想看看我到底长什么样子。”他若有所思地将脸转向海面，“面孔会随着人的改变而改变甚至消失，但塑像上的模样永远不会变。”

他的话提醒了我。我的塑像在哪里呢？我忘记我的塑像在什么地方了。这使我心烦意乱起来。看来需要找个时间去找一找了，但这件事对我来说并不急迫。

我来到露天餐厅。这个时候的餐厅里几乎没有顾客，几个服务生在门口懒洋洋地遛着一只大海龟，我走进去，他们也不搭理我。我径直走上二楼的天台。

天台上，我看到了素素。

她戴着一顶宽大的白色帽子，正独自一人坐在那里喝茶。听到响声她扭过头，看到我后冲我笑了笑。“你不是去踢球了吗？”她说。

“无聊透了。”我说，“服务生。”

没有人回答，我又喊了一遍，依然没有回答。我已经习惯了这里服务生的恶劣态度，便没有再喊。远处，云朵拥挤在一起，像是混乱的羊群，太阳正燃烧着它们。不时有海鸟低低掠过，速度很快。冲浪的人群在这里只有指甲盖大小。

“你上次还没有说完。”她抿了一口茶，说道。

“什么？”

“慧慧。”她似乎对此事很感兴趣，“她为什么会离开你？发生什么事了？”

“你好奇心很重啊。”我笑着说。

她从兜里掏出一只银色烟盒，给自己点上了一支烟。天台上的风比下面强一些，她不得不按住帽子，才不致使它被风刮跑。这时，一只海鸟忽然俯冲下来，向着她的帽子发动攻击。素素吓得连忙站起来，用手轰赶那只海鸟。那只海鸟飞走了。

她镇定了一下情绪，重新坐下来。

“确实是好奇，别见怪。”她说，“如果你不想说的话就当我没问过……”

这时，那只海鸟在空中拐了一个弯，又飞了回来，再次用尖锐的喙子去啄素素的帽子。素素惊呼一声，站起身，随手从桌子上抄起一只杯子砸了过去。海鸟敏捷地躲开了，落到天台的护栏上，一副虎视眈眈的样子。

几个服务生跑上楼来，看看我和素素，又看看那个已经粉身碎骨的杯子。

“你们的耳朵现在变得很好使嘛。”我主动赔了杯子的钱。服务生退了下去。

“真是不好意思……”素素惊魂未定地说，她仍在时刻注意着护栏上的那只海鸟。

“没关系，”我说，“它可能把你的帽子当成了某种鱼类……咱们还是换一个地方吧，我请你喝一杯。”

雨中的小屋

我带素素来到我的小木屋。我们刚到屋子里，外面就下起了雨。素素坐在我的写字椅上，而除此之外，我的屋子里就没有椅子了，于是我就坐在地板上。我们听着外面的雨声。雨不大，但是很急促，风刮起它们，它们就斜斜地拍打到窗子上，仿佛想要进来。

说完全没赶上雨是不准确的，还是有一些雨淋到了我们的身上，好在我们及时关上了门。屋子里充盈着雨的味道。素素的头发有些湿了，贴在脸颊上。我给她找了一条毛巾，她擦了擦头发。空气里全是雨的味道，还有素素头发的清香。

我们静静地听了一会儿雨声，然后素素问："我们喝点什么？"

我走进厨房，看到了那枚水池底下的宇宙。屋子里很暗，它发出莹莹的光，内部的星河在挣扎着。我蹲下，看着它。我觉得它似乎比之前缩小了许多，显得有点虚弱。我不知不觉看了很久，直到听到素素走进来的声音。

"你在看什么？"她在我身后说道。

"这个。"我指给她看，"一个毛茸茸的东西。"

"这是什么？"她往前探了探身，眉头微微

皱起。

"宇宙。"我说。

她也蹲下来，将脸贴得很近。"我看到了……"她仔细地看着，似乎不愿漏掉任何细节。

在雨声中，小小的宇宙在厨房闪烁着。一切都是动态的。她情不自禁地伸出手，想要将宇宙捧在手里，可当她的手刚刚接近它时，它就往里面缩了缩。

"它好像有些害羞。"我说。

"是的。"她没有再动，站起身回到了客厅。我打开冰箱门，从里面拿出一瓶"南极遇难者"——这是我之前收藏的，这酒很贵，我舍不得喝。我还拿了两只杯子，在水池里洗了洗，一起带到客厅里。

素素跟我一样，盘腿坐在地板上，看着自己的杯子被灌满。蓝色的烟雾争先恐后地从杯子里往外冒，素素一脸惊异的表情。

“这是什么酒？”

“我也形容不出来，总之它叫‘南极遇难者’。”我想了想，说道，然后将自己的杯子也灌满了。“干杯。”我举起杯子。

“干杯。”素素和我碰了一下，喝之前，她说：“很喜欢这样的感觉……外面下着雨，我们坐在屋子里喝酒，四周也很清凉……我总觉得这种场景似曾相识，包括这间屋子，包括你，甚至整个小镇，都给我一种熟悉的感觉，我猜我失忆之前肯定来过这里。”

“干杯。”我说，接着喝了一大口。

屋子立刻沉入海底。我看到素素瞪大了眼睛，却发不出声音。陆地上的光在我们头顶越来越黯淡，屋子里变得波光粼粼。一些鱼儿悠然地游在我们周围。我伸出手，想要抓住其中的一条，可它们很狡猾，立刻避开了。素素的头发在海水中浮动着，她也在试着抓那些小鱼。我看到一条鱼从她的手里滑了出来。

我慢慢让身体浮起来，浮到屋顶，然后蹬着墙慢慢将身体转回来。我像是一条鱼那样，感到了无限的伸展。素素仰着头，看着我笑。

“真是太神奇了。”海水退去后，素素惊呼道。于是我们紧接着又喝了一杯。这次我们真的来到了南极冰原。大堆的积雪涌进门，我们被掩埋其中动弹不得。

“这个就有点……”素素微弱的声音从雪下传来。

还好，酒劲很快就过去了，我们再一次回到了雨中的小屋里。

雨小了，变得淅淅沥沥，在一段时间里，我们还沉浸在“南极遇难者”带给我们的感受中，那感受在慢慢褪去，只有丝丝缕缕的存留。我们像是一个孩子留恋地舔着吃完的糖纸。

这时，我一直放在口袋里的碎纸片（我几乎忘了它）微微活动起来，我将它们拿出来。它们变得皱巴巴的，不过仍然可以自行飞舞。它们慢慢地像雪花般围绕着素素。

“这是什么？”素素看着它们，咯咯笑起来，仿佛它们让她发痒。

雨停了。我打开窗户，清新的空气将屋内的滞涩一扫而光。太阳已经下山，云层变成紫色，渔夫们正在收网回家。每晚的篝火，即将点燃起来。

电影放映

我和素素站在一块礁石上，看着平静的海面。尽管看似平静，但海浪无时无刻不在撞击着礁石的边缘，我们可以感到脚下礁石的颤动。天完全黑了，远处的灯塔亮着如豆子般大小的光。在我们身后，渔夫和流浪者们在一起升起篝火，开始打发这个漫漫长夜。小船静静地飘荡在码头上，有的倒扣过来，像是一条翻着肚皮的死鱼。

雨后的海风有些湿冷。海面上，出现了一条灰白色的虹。与彩虹不同的是，它是由灰和白两种颜色组成的虹，这种虹往往在雨后的傍晚出现。此时，它孤零零地伫立在海面上，像一座废弃的建筑。它从一头弯曲到另一头，呈现出悲哀的弧度。当地人将这种虹的出现视为不好的兆头，因此，渔夫们喝酒聊天的声音都要小了许多，仿佛唯恐因为声音大而触到什么霉头。

我和素素看着那条灰白色的虹。不知为什么，在这个夜晚，我觉得它挺好看。它散发着一种悲哀的气息，但同时也包裹着一点点甜。一点点不易察觉的甜，需要伸出舌头，在这种雨水般的悲哀中反复舔舐、寻找，需要舌尖上味蕾细胞忽然苏醒的时刻。

我希望这样的时刻长一点。

在另一块更大的棕色的礁石上，不知是谁放置了一把长椅。长椅的四脚用铁钉钉在岩石上，否则早就被海浪冲走了。我们沿着一个个小岩石蹦跳，跳到那块大岩石上。我们站得有点累了，就坐在长椅上，继续看灰白色的虹。

海沫不停地飞溅到我们的脸上、胳膊上。

我看到一些人正往露天餐厅那里走去。我忽然想起来，今天是放映电影的日子。每周在固定的日子都会有最新的露天电影放映。我看着那些人走过去，然后问素素："我们要不要去看电影？"素素点了点头。我看到她的眼睛在黑暗中闪烁。

我们走下礁石，也顺着人群往放映电影的地点走去。这时，我产生了一个有意思的念头。我对素素说：“在这儿等我一会儿。”然后，我掉头往我的房子跑去。

我在卧室床头柜的第一层抽屉里找到了珍藏的一盒电影胶片。我拿着它，想要走出去，而我的手却鬼使神差地打开了第二层抽屉。那只口琴依旧躺在抽屉的空间里。我拿出口琴，月光透过窗子映在它上面，发出柔和的光。我将它放进裤兜里。

我跑回去时，素素站在原地等我，我们一起往放映地跑去。

“我们快点。”我拉着她的手，一边跑一边说。想到我的点子，我忍不住笑了起来。

“你傻笑什么呢？”素素显得莫名其妙，可她还是顺从地跟着我一路小跑着。

我们来到了放映地，电影还没有开始。放映员是一个红鼻子老头，正坐在小凳子上，一只手里拿着酒瓶，另一只手里拿着怀表，等待放映的时间到来。在他的旁边是一台老式放映机，旁边的盒子里则放着将要放映的电影胶片。他一边喝着酒一边不时瞥眼怀表。

我走过去，使劲搂住他的脖子。

“好久不见啊。”我笑嘻嘻地说。

“你……”他努力扭过头，皱着眉头看着我，“我们认识吗？”

“你这个滑头。”我在他的背上重重拍了一掌。他剧烈地咳嗽起来。

趁这个机会，素素按照我说的，将盒子里的电影胶片取出来，把我的那盒胶片偷偷放了进去。完事后，她装作若无其事的样子迅速走到我面前，朝我眨了眨眼。

“对不起，认错人了。”我和素素立刻闪人。

许多人搬着自己的小椅子来到放映地，等待电影的开始。我没有看到拉松（他一定还在彗星酒馆里狂饮，他才不在乎什么电影呢），但看到了阿鲸和莉莉，他们并排坐在一起，有说有笑。我和素素站在人群的最后面。

电影开始了。我看到红鼻子老头将胶片放进放映机，开动开关。一束光线打到幕布上。胶片开始转动。几分钟后，幕布上出现了十分香艳的画面。

人群中响起一阵叽叽喳喳。

而红鼻子老头已经喝得烂醉，昏睡在放映机旁，对发生的事浑然不知。

随着画面的深入，人们兴奋起来了。女孩子们不好意思地低下头，却没有人离开。我看到阿鲸在莉莉耳边说了什么，莉莉羞涩地扭过头去，假装不再理他。

我和素素相视而笑。这个时刻真是太愉快了，雨后某种莫名的悲哀氛围被一扫而光。惬意的凉风吹拂过来。我将手插入裤兜，触到了口琴。我把口琴拿出来，吹了起来。当然，这个时候根本没有人会注意我，每个人都被幕布上的画面吸引过去了。

我残缺不全地吹完一首小调，摇了摇头。

“给我吧。”素素笑着伸出手说道。

我看着素素的手掌，借着月光，我清晰地看到她手上的掌纹。雨后的月亮又大又圆，月光像是无数条细小的瀑布流淌到大地上。我看着素素的掌纹，像是看着某种奇特的命运。我将口琴放在她的手上。

这是一首银白色的乐曲。她一边轻轻含住口琴，一边看着我，眼睛清澈而明亮。我闭上眼。电影里那些诱人的声音消失了，人们的笑声也消失了，远处的海浪声同样退却，只剩下口琴的音乐声。我想，在这个时候，应该会有某种轻盈的东西悄悄降临吧。

乐曲结束了。她将口琴还给我，而我依然沉浸着。我们没有说什么，仿佛刚才的音乐将夜色溶了一个大洞，我们都在等待着这个洞慢慢愈合……

电影播完后，人们恋恋不舍地站起身，拿着各自的椅子离开。红鼻子放映员这时也醒了过来。一些男人走过他身边，拍了拍他的肩膀，轻声在他耳边说："好样的。"

红鼻子放映员茫然地看着他们。

我和素素也走在回家的路上。素素的房子离我并不远，和我一样，她发现了一间没有人住的房子，就住了进去。原先的主人不知道去了哪里，或许已从这个世界消失了也未可知。在这个海滨小镇，有许多这样的房子。

我们走过那条灰白色的虹，觉得它更加美丽。夜色更深了，我们站在那里，看着它慢慢消失。然后，我们继续走在回家的路上。

日出时刻

一个清晨，素素忽然对我说："我要和你一起去找慧慧。"

我不知道她为什么会突然这么说。那天，我们坐在礁石上的那把长椅上一起看日出，一边等一边折纸玩，原材料就是之前我写给慧慧的信。那些信纸，在我的手里显得非常倔强，仿佛成心与我对着干，很难将它们叠成我想要的形状。我只好胡乱地叠着，完全不成形状。但它们到了素素手中则变得很是温顺，她甚至都不用看，它们在她手中就自动变成了各种美丽的形状。后来，我就干脆将那些信全交给素素去叠了。

那时太阳微微从海面露出一个小头，然后就静止不动了。这个时刻的空气总是很湿冷。海浪拍打着礁石，海风里掺杂着冰凉的小水滴。我们都冻得哆哆嗦嗦，但却都不想站起来走动走动。我们就这样坐着，等着太阳继续往上升。

可是太阳依旧一动不动。不时有海鸟像天空的头皮屑一般飞过。

我扭过头看素素，发现她也正在看着我。她的眼睛在海浪和海风中凝视不动，瞳仁中有针尖大小的光芒在不易察觉地闪烁。她的脖子上系了一条蓝色的绸巾丝带，此时迎着风飘动，不时触碰到我的脸。远处，云层阴翳，可能又在酝酿着一场暴雨。

“我和你一起去找慧慧。”半晌，素素说道。而我只是出神地看到她的嘴唇动了动，却没有听到声音，直到她又重复了一遍，我才反应过来。

“你说什么？”我有点茫然无措。我不知道她为何会突然提起这个。

“咱们一起去找。”素素说，我从未见到她如此坚定的神情。她站起来，往前走了几步。一只我们从未见过的海鸟在我们头顶盘旋着，发出尖锐而凄厉的叫声，像是轮船的汽笛。这声音久久不散，仿佛海水也具有了回音功能。

我看着素素的背影，不知该说些什么。太阳渐渐地升起来了，日光迅速喷薄而出，几乎是同一时刻照到我们身上。强烈的阳光让我一时有些睁不开眼。我眯缝着眼，仿佛看到日光如铁水般汹涌而来，一下子将素素单薄的身体吞没……

我干脆闭上眼，让阳光敲打我的眼皮。

不知过了多久，我睁开眼时，发现素素已经不见了。我从椅子上站起来，走到刚刚素素站立的位置。太阳已经完全升起来了，但日出的景象我早已看过无数回，因此毫无新鲜感。我倒希望某一天它没有升起来，让大地沦陷，人们在黑暗中倾听彼此的心跳。

那只海鸟飞走了，与它一起飞走的，还有那声声幽灵般凄厉的叫声。

我低下头，看到几只折纸扔在我脚下。折纸已经被海水浸透。我将其中的一只已不成样子的湿漉漉的纸鹤捡起来，拿在手里，上面的字迹已被洇得模糊不清。片刻后，我将它揉成一团。我听到了笔画纷纷骨折的声响。这时，我注意到在旁边的一块礁石上还站着一个人。

是徐福，他拿着小号，不知道在那里沉思着什么。

我跳下礁石，慢慢走过去。

“早上好啊。”我对着徐福说道。他转过身，看到我，笑了一下。他的心情似乎不大好。我走到他身旁，递给他一支烟。

“我觉得没有人真正喜欢我的小号曲，”徐福对我说道，他夹着烟的手微微颤抖，“没有人需要小号，我已经吃了一个多月的香蕉炒饭了，我不知道这样下去有什么意义。”

“你也可以换点别的……”我不知道该怎么安慰他。

“跟这个没关系。”他的面庞依然英俊，但此时他愁眉不展，五官都皱在了一起，“我觉得自己马上就要完蛋了，可能就在下一秒，也可能两个小时以后。我非常清楚地有一种自己就要完蛋的感觉……”他一口气说完，停顿了一下。

“你有过这种感觉吗？”他最后问道。

“可能有吧……”我不确定地说道。

然后，我抽完了烟，和他告别。在走回自己房子的路上，我一直在想：我是否有过觉得自己很快就要完蛋的感觉？有肯定是有过的。我不禁想起了当我知道慧慧的病的那天。

我挺住脚步，回头看，隐约看到徐福依旧站在那块礁石上。此时，他似乎举起了小号，正在对着海面吹奏。不过离得太远了，风又大，我一点声音也听不到。

出发

出发那天，我梦到了一只长颈鹿。它把头从窗子伸进来，眨巴着一双明亮而无辜的大眼睛，盯着我看。它的脸大概有一本百科词典大小。我没有感到吃惊，招呼它："来啊。"

它的脖子慢慢伸进来，越伸越长，伸到我的床头边。我抚摸着它，头上的毛发很平顺，像是在抚摸某种鸟类的羽毛。我听到一种声音在它修长的脖颈中滚动。它是在说话吗？我不知道，我只是搂着它的脖子，感觉到长颈鹿的语言在皮肤下的运动。

后来我就醒了，清洁的日光从窗子照进来。窗子不知道什么时候被打开了，早晨毫无杂质的小风徐徐吹进来，使空气变得有点干燥。我走到窗边，我知道，今天是出发的日子。天空晴朗，海面平静，远处有帆影。天上的云有点像软绵绵的雪糕。

看了一会儿，我重新坐回床上发呆。

昨晚，我在一张劣质餐巾纸上写了一首诗，现在，它就放在床头柜上。上面的字迹早就模糊了，变成了一团皱巴巴、污秽不堪的餐巾纸。餐巾纸是从露天餐厅偷来的。

我开始收拾东西。

我有一只胃口很大的登山包，能在里面放很多东西。我把几件换洗的衣服放进去，还有牙刷、毛巾、牙膏，之后就想不起来还要带什么了。于是，我把一本被我翻烂的航海小说也放了进去。登山包依然显得空荡荡的。我又把五六罐啤酒放了进去，终于稍稍显得饱满。我还带了一点吃的，比如干粮之类。

既然是去进行一场目标不明确的寻找，那么就不可能很快回来。但我不知道具体要外出多少天。我将一把雨伞放进去，还有那只口琴。应该差不多了，我背上登山包，走了出去。

我和素素约定在那块有长椅的礁石上见。时间还早，我走到彗星酒馆，准备在临走前喝几杯。彗星酒馆刚刚开门，但我已不是它第一个客人。拉松正和几个人坐在吧台那里闲聊，我走过去，跟他打了招呼。

上次的沙滩足球他赢了，因此他和那几个球员一同获得了半年免费喝啤酒的奖励。于是他天天泡在酒馆里，将酒馆当成了自己的家。对于我的临阵脱逃，他一开始有点耿耿于怀，不过这点不满很快就消融在了酒精里，并且转化为了同情，因为我没有获得奖励。

“你这一身打扮是要去哪儿？”拉松看到我后

惊讶地问。

“可能要出去几天。”我要了一杯加酒精的牛奶——我可不想在见到素素时酒气熏天的，而这种加酒精的牛奶正适合早晨喝，对肠胃也很有好处。

“那不错。”拉松没有再问，“我感觉有时你显得太心事重重了。”

“在酒馆里我感觉很舒服。”我说。牛奶端上来了，我喝了一大口，顿时感觉神清气爽。我又想起了昨晚的那只长颈鹿，它有着金黄色的毛发。

“大家早上好啊。”那个不知其名的大叔也走了进来。今天他上下穿着一身白，看上去精神头很不错，和我们每个人打招呼或点头致意。

“大叔，今天你是什么？”有人问道。

“难道这还不明显吗？”他像是故意让所有人看到似的绕着吧台走了一圈，然后要了一杯酒坐了下来，“我想今天我会是一个杰作！”

“是云吗？”人们猜道，“是一片云？”

“我不喜欢云。”大叔稍稍有些沮丧，喝了一大口酒。

“那么就是牛奶了。”有人指着我杯子里的牛奶说，“或者是一头奶牛。”

“我已经当过奶牛了，”大叔心平气和地说，“我不喜欢重复。”

“好吧好吧，那你告诉我们今天你到底是什么？”

“啊哈。”大叔得意地用食指敲击着酒杯，“今天我是一颗牙。”说着他站了起来，指着自己的两条腿说：“这是牙根。”

这时，我看了一眼挂在酒馆墙上的表，时间已经快到了。我大口喝完牛奶，然后和拉松他们告别，走出酒馆的大门。

我赶到约定地点时素素已经在那里了。对于我的晚点她有点不太高兴。她穿着一身适合远足的衣服，此外，还戴着遮阳帽和墨镜，背着一只鼓囊囊的背包，那包看上去很旧了。

“你迟到了。”素素皱着眉，由于戴着墨镜，我看不到她的眼睛。

“抱歉。”我说，“那咱们出发吧？”

“你知道要去哪里？”

“不知道。”我摇了摇头。海浪很平静，如果闭上眼睛，会觉得自己置身于一个游泳池中。我点燃一支烟，也递给素素一支。我们一起抽着烟看海，仿佛我们来这里就是为了看海。

我们谁也没有说话。过了一会儿，我把烟头扔到一个小水洼里，它“呲”地一声熄灭了。

“走吧。”

养蜂人

“昨天晚上我做了一个梦，”素素说，“我梦见了一只长颈鹿……”

此时，我们并排走在公路上。我们已经走了很久，一路上遇到了许多认识的人，他们朝我们打招呼，说：“嗨，早上好，你们要去旅行？”我们沉默不语，或是微笑应对。我们走着，我们并不知道为什么要朝着这个方向走，唯一的原因可能就是指南针坏掉了。

为了不迷失方向，我特意带了一个指南针，可我没发现它其实已经坏了。那是刚出发的时候，我们决定往南边走，碰碰运气。我手上拿着指南针，并且下意识地看了一眼。我发现指针并没有指向南方，而是执拗地指向西南的某个位置。

“它好像坏了……”我准备扔掉它。这时素素说：“没关系，我们就朝这个方向走吧，说不定这是某种上天的预示……”于是，按照她说的，我们朝西南方向走去。

公路渐渐消失了，我们脚下变成了土路，接着又变成了草地。我们是往山林的方向去的。我回过头看时，大海已经离我们很远了，在远处闪烁着粼光，像是一方清澈的小水池。

“我们是在往哪里走？”素素问道。

“我也不知道……”我说。

我们沉默无言地走着。我听到登山包里随着我的步伐而发出的啤酒罐的碰撞声，还有衣服褶皱摩擦的声响。四周很安静，风吹过时发出“沙沙”的响动。

“休息一会儿吧。”走出很长的一段后，素素说道。她的呼吸微微有些加速。

于是我们停住，坐在草地里休息。我们从背包里拿出喝的，做一次短暂的休整。素素喝她带的矿泉水，我拉开啤酒罐的拉环。周围看不到一个人，似乎空旷得有点过头了。一罐啤酒下肚后，我觉得舒服了不少。我感觉，这次的旅程从一开始就弥漫着一种诡异的氛围，不过，我并没有把这种感受说出来。我相信她也感受到了。

“昨天晚上，我梦到了一只长颈鹿。”素素对我说道。

“是吗？”我没再说别的。

“我不知道这是不是某种预示？”素素说。

“哪儿来的这么多预示？”我哈哈一笑，但心里有种莫名的焦躁。

素素不再说话了。我们休息了大约十分钟，然后继续往前走。我们谁也没再提此行的目的，仿佛这只是一场再普通不过的远足旅行。我们依旧彼此沉默地走着。

草地已经到了边缘地带，前面就是林区了。在我们的耳边响起了“嗡嗡嗡”的声音，这声音越来越真切和密集。我知道，这是到了养蜂人的地盘。

果然，我们看到了摆放在草丛里的蜂箱。数不清的蜜蜂从蜂箱里飞进飞出，或者趴在网兜上，震颤着翅膀。天空中舞动着蜜蜂的身影。素素有些害怕，躲在我的身后。“不要害怕，”我说，“这些蜜蜂很友善。”

养蜂人正盘腿坐在蜂箱旁，若有所思地看着那些数不清的蜜蜂。他是一个中年男人，我认识他，他偶尔会到彗星酒馆喝一杯。但这里的人都知道，养蜂人是一个沉默寡言的人，在他的身上似乎隐藏着许多事。不过，我们谁也没问过。

“老兄，好久不见啊。”我笑着走过去。

“你们……”他看到我和素素，露出些许惊讶的神色，“你们怎么到这里来了？”

“我们要去找一个人。”我尽量轻描淡写地说。

“唔，很好，我这里很少会有人来。”他没再追问什么，站起身，“我去给你们煮一碗蜜蜂水。”不断有蜜蜂落到他身上又飞走，他看这些蜜蜂的神情就像在看自己尚且年幼的孩子。

“不用了，”我说，“我更想尝尝你的蜜酿酒……”

“没问题。”他笑了笑。他身材高大、棱角分明，从外貌上看像是某个少数民族后裔。

蜜酿酒装在一只坛子里，掀开盖子，一股甜蜜的味道便弥漫开来。我深深地将甜味吸进肺里，感觉到肺尖兴奋地颤抖了几下。我们用小碗盛酒，慢慢地喝着。这是难得的美味，我感觉一种金色在我的身体里流转，浑身都充盈着甜蜜的软弱之感。

“啊，它要出来了。”养蜂人忽然说。

他微微朝右侧歪头，将手放在右耳旁，仿佛要用手掌接住什么东西。片刻后，只见一只蜜蜂慢慢地从他的右耳里爬出来，爬到他的手上。他将那只蜜蜂轻轻地捧在掌心，小心翼翼，像是捧着一块冰。

“它不太合群。”养蜂人说，“不喜欢住在蜂巢里。”

他用手指温柔地抚摸着它近乎透明的羽翼。它并不飞走，好像很享受这样的爱抚。

我和素素喝完了酒。

“谢谢你的款待。”我说。

“祝你们好运。”养蜂人说。

蜜蜂像是一架微缩的小型直升机般从他掌中缓缓升起……

梦幻森林

告别养蜂人后，我们朝林区走去。一进入林区，世界立刻就变得不一样了。那些树木仿佛瞬间从泥土里生长出来，瞬间枝繁叶茂，又在瞬间遮天蔽日。我们行走在树木的阴影中，太阳渗透下来的碎斑在我们身上流动，我们的身上沾满了枝丫的影子。

在林中我们看到了一棵西瓜树。树上挂满了红色的西瓜，上面的条纹则是蓝色的。我们在树下看了一会儿，素素对我说："我梦到过这棵树。"我点了点头。一阵风吹过，树上的西瓜摇摇晃晃。

现在我知道了，我们无意中来到了梦幻森林。梦幻森林的位置并不确定，它永远处在不断变化之中。在这里，一些梦境会被具体地呈现出来。比如这棵西瓜树，曾出现于素素的梦境。真是一棵美丽的树啊，我不禁赞叹，只有梦中才会有如此奇特而美丽的事物。

“我们走吧？”素素有点不耐烦了。

于是，我们抛开西瓜树，继续赶路。路上，素素对我说：“我讨厌那棵树。你知道吗，后来我在梦里爬上那棵树，并且切开了其中一只西瓜。里面的瓜瓤是绿色的，瓜子是一些黑色的小虫子，在里面爬来爬去……我想起来就觉得很恶心。”

“嗯。”我说，“不过，它的外表是美丽的。我想把它写进我的小说里。”

“你的航海小说？可西瓜树是在树林里啊。”

“没关系，”我说，“可以把它写成某个水手的梦。”

我们就这样有一句没一句地聊着。不知不觉中，我们迷路了。我将指南针拿出来时，发现它变成了一幅画，画上画着一个指针指向西南的指南针。我尴尬地看着素素，她立刻翻看我包里的其他东西。“唔！”素素小声惊呼了一声。

登山包里的其他东西也变成画了。啤酒、食物、小说……全都变成了一幅幅巴掌大小的油画，并且用画框装裱了起来，如果摆在床头肯定别有一番风味。

“但现在的问题是，我们不能吃喝这些画。”素素分析道。

“是的，”我补充道，“并且我们还迷路了。”

“好吧。”素素没说什么，走到我们的前面。于是，我们背着这些画继续往前走。

我曾听闻有人死在了梦幻森林，那是一个老头，具体死亡原因不详。由于他是在梦里死去的，所以，我们无法在现实世界中找到他的尸体，只能在梦中梦到那具永不腐烂的尸体。我曾梦到过一回，有的人则梦到过好几回，有的人一回也没梦到过。我想，如果我们也死在了这里，那么，有谁会梦到我们的尸体呢？

我们又走了好久的路，由于手表也变成了油画，所以，我们不知道具体时间。我们又累又渴，感觉舌头已经风干成了粉末，口腔则成了远古的石洞。

“我们会死在这里吗？”素素低声说。她的声音很微弱。

“不知道。”我说，“很多事情我们无法预料。”

素素点了点头，冲我虚弱地笑了笑。她的嘴唇已经干裂，没有了血色。我觉得很心痛，我忽然意识到：这其实是我曾经的梦，我曾梦到过这个场景。梦中，我们一起死去……

我感到她的手握住了我的手。

“不知为什么，”她的脸上仍是那种虚弱的笑容，“我并不害怕。”

与她憔悴的面容不同的是，她的眼睛却很明亮。

“我好像梦到过这样的场景。”她说。

“我知道。”我突然有一种想要哭泣的冲动，我紧紧地握住她的手（或是她紧紧地握住我的手）。人在梦中总是很容易哭泣。

这时，我看到前方的树林摇动了一下，接着又摇动了一下。我和素素对视了一下，朝那个方向走去。我们拨开那些遮挡视线的树木，看到了一只表情痛苦的长颈鹿。

它长长的脖子被藤蔓紧紧地缠住了，挣脱不得，每挣扎一次，那些藤蔓就缠得更紧。

“是我梦到的那只长颈鹿！”素素说。

我们跑过去，用手撕扯藤蔓。费了好大的劲，终于将藤蔓从长颈鹿的脖子上解开。它用水汪汪的大眼睛感激地看着我们。我们似乎明白了它的意思，骑到它的背上去。

于是，我紧紧地抱住长颈鹿柔软的长脖子，素素则从背后抱着我的腰，我们骑在长颈鹿的背上，随着它摇摇晃晃地在森林中行进。

我们终于走出了森林。长颈鹿在森林出口处停下，我们跳下来，跟它挥手告别。

“它不能和我们一起走吗？”素素有些不舍地说。

“它只能属于我们的梦。”我说。

长颈鹿慢悠悠地转过身子，朝森林深处走去，一会儿就消失不见了。

遭遇埋伏

梦幻森林的迷路，耗费了我们大量的体力。所幸的是，那些变成小油画的食物现在又变了回来，我们坐在路边的大石头上补充食物和水。这时，我们看到在不远处幽暗的丛林中浮现出一张脸。不是一张人脸，而是野兽的脸。它目光炯炯，看着我们。

这个过程持续了大约一分钟，之后，它从原先的位置挪开，我们陆续看到了它身体的其他部位。是一只老虎，准确地说，是一只有着蓝色毛发的老虎。它的身形在丛林中一闪就不见了。我看到素素愣在那里，眼睛还盯着刚才老虎出现的位置，而那里现在已空空如也。

“你也看见了？”过了好半天，她才僵硬地转过头，问我道。

我点点头，“看到了，一只蓝色的老虎。”

“我一直以为是我的幻觉。”她渐渐从最初的震惊中缓过神来。

“现在一切都清楚了，”我说，“这不是幻觉。”

我们没有心思再去吃喝，将剩下的食物放进背包里，便朝刚才蓝色老虎出现的位置走去。树林静悄悄的，一缕缕光线渗透下来，仿佛金色的游丝悬浮于充满树脂味道的空气中。光线比我们想象得还要幽暗——这里的枝叶实在太过稠密，许多高大的树木已经连接在了一起，彼此寄生，恐怕拿锯子也很难将它们分开。

没有可以用来照明的东西，我们只好跌跌撞撞地往前走。我看到素素在一缕从树叶缝隙中渗透下来的光线前停住，伸出手去，只见光线便如垂吊下来的蛛网般颤抖了几下，被素素捏在了手里。素素兴奋地回过头来。“这样就解决了。”我也朝她笑了笑。

我们将光线聚集在一起，它们很软，并且很容易断掉，所以我们小心翼翼，像是捏着一把易碎的头发。前面的路被聚集起来的光线照亮了，我们看到了蓝色老虎的脚印。

脚印大概有成人手掌大小，在湿润的泥地中很是醒目。我们便顺着脚印的方向走去——尽管我们也不知道为什么要这么做。就算找到它又如何呢?难道我们能和它一起坐下来讨论数学吗?

但是，脚印总吸引着我们。

走了一段路后，脚印消失了，我们茫然地站在原地。我们手里聚集的光线也渐渐趋于透明，最终同样消失不见。我们无精打采地继续走着，光线依然垂挂在周围，但我们都懒得再去收集它们。不时有田鼠一样的东西从我们脚下蹿过。

穿过幽暗的树林，视线终于明朗起来。出现在我们眼前的是一片果林，各种颜色的果子挂在枝头，鲜艳得有些不正常。

在果林的入口处，插着一个木头牌子，上面的字因为年久的缘故不太清晰。我走过去，仔细地看了好一会儿，才分辨出上面的字：

小心果子！

就是这简简单单的四个字，一句多余的解释也没有。我们有点莫名其妙。“可能里面的果子有毒，好心人不想让不明真相的人吃下去。”素素说。

这似乎是唯一合理的解释。反正我们的背包里还有一些吃的，暂时还没到山穷水尽的地步，不吃就是了。于是我们走进果林里。

树上的果子颜色都很鲜艳，并且香气扑鼻。不过，有了那句提醒，我们并没有动吃它们的念头。走到半路时候，我们看到了第二块牌子，上面写着：

果子危险，别说我没提醒你！

嗯，比刚才多了几个字。我看看素素，她也是一副迷惑的表情。我们当然不可能退回去，就继续向前走，只是放慢了脚步。这时，我感觉脚下踩到了一个软绵绵的东西。我抬起脚，看到一颗小孩脑袋大小的西红柿慢慢从土里钻出来。我有些奇怪地看着它，突然，大量的西红柿汁从它体内喷涌而出，我猝不及防，被喷了一身。几乎是同一时间，素素也中招了——几只硕大的橙子从土里钻出来，将大量的酸液猛地喷到她身上。

我突然想起来，这是一种叫作“果浆地雷”的东西，如果踩到它们，就会遭受到果子的疯狂攻击。这是果子们团结起来用于保护自己不被采摘的一种方式。

我们急忙地往前跑，脚下踩到的果浆地雷也越来越多，越来越多的果子从泥土里冒出来，将充足的汁液喷洒到我们的身上和脸上。

终于，我们冲出了果林。我们累得气喘吁吁，瘫软在地上，浑身上下都被淋得精透。果浆黏稠地包裹在身上，十分难受。

凝固的夜

林中的光线更黯淡了，太阳缓缓下沉。黄昏时分，大群乌鸦上下翻飞，将黑夜的碎片衔在嘴里，不断地往树林里堆积。风吹过来，我们身上的果浆变得冰凉，像是某种被捏死的昆虫的体液。我们哆哆嗦嗦，看着夜色笼罩过来，在我们耳旁窃窃私语。

刚才我和素素数了数，我俩每人至少踩到了二十多个果浆地雷。现在，我们的身上散发着甜腻的味道，许多小虫子争先恐后地往我们的身上扑，还有许多钻进了我的衣服里。我们俩像是跳舞一般不停地拍打着衣服，或者挥舞手臂，驱赶那些蚊虫。

终于，我们看到了一个水池。这个时候，天已经完全黑了，只有偶尔的几只萤火虫像是一只只小眼睛四处游走，围绕在我们周围。我们身上的味道吸引了它们。

我脱掉上衣——尽管夜晚的树林气温很低，但没有那些恼人的果浆，还是感觉清爽多了。素素走近水池，用手撩了一下，像是触电般迅速收回。

“这简直是冰水。”素素说。她有点沮丧地站在那里。

我走过去，用手试了试，确实很凉，里面甚至还有小冰碴。一时间我也没有办法，然后，我忽然想到了很久以前听拉松说过的一件事。他说，树林里有一种叫作“打泉”的温泉水，起初冰冷刺骨，但如果你用什么东西大力拍打水面的话，水温就会越来越高，直到变成温泉。“这是一种很容易生气的泉水，”拉松说，“越生气温度就会越高。”

他对这种奇奇怪怪的事情总是知晓许多。

我决定试试。我从旁边捡了几块石头，扔了进去。接连“扑通”几声过后，我发现那些小冰碴慢慢地融化掉了。

“用石头砸它！”我对素素说。素素莫名其妙，但还是跟着做了。我们一起往水池里扔石头。只见一层薄薄的雾气开始在水面上升腾，气温明显升高了。我们又改用粗壮的枝条拍打水面，溅到我们身上的水滴越来越热。

“这是怎么回事？”素素一边拍打一边问，脸上的表情是惊异夹杂着兴奋。

“它正在发怒！”我笑着说。

很快，之前冷冰冰的水池就开始冒起泡来，大股的水汽氤氲在我们周围。我用手指试了试水温，“已经好啦，”我说，“再打下去就煮沸了。”我迫不及待地脱下裤子，只着内裤，投入温泉的怀抱。我舒服得忍不住呻吟起来。

我抹了一把脸，看到素素抱着胳膊，依旧站

在那里。眼神似乎在说："如果你觉得这样合适的话……"

我这才反应过来。我尴尬地咳嗽了两声，然后用手捂住眼睛。

"你下来吧，我不看。"我背过了身子。

沉默片刻后，我听到了窸窸窣窣脱衣服的声音，然后是一阵清澈的水声。我清洗着身上的果浆，同时听到素素清洗身体的水流声。这个夜晚静悄悄的，昆虫们也闭上了嘴，只有水流声显得格外醒目。此前，我从未听过如此精致的水流声，它仿佛是凝固不动的。

我将衣服在温泉里洗干净，然后返回陆地上，用装在包里的打火机生了一堆火，烘烤衣服。不一会儿，素素也走了过来。她只穿着内衣，头发湿漉漉的，走到火堆旁坐下，和我一起烘烤衣服。她用手臂环拢着双腿，将下巴放在膝盖上，一动不动地盯着跳跃的火焰。

火光将她的身体轮廓映照出某种奇异的柔和感。她紧紧地抱住自己，好像是一只被我俘虏的水中生物，哪怕用最轻柔的动作触碰一下也会伤害到她。

我们沉默不语，只有燃烧的木头不时噼啪作响。

衣服烘干了，我穿上衣服，从背包里拿出一罐啤酒，站在泉水边喝着。泉水渐渐地再次冷却下来。萤火虫不声不响地飞行着。

喝完后，我将易拉罐踩扁，回到火堆旁。素素已经穿好了衣服，只是头发依然显得潮湿。夜色更静了，我们置身于这种如火焰一般纯净的寂静中。

素素在我的身旁睡着了，头枕着我的肩膀。她的头发依然是湿的，散发出橙子和苹果的清香。看来是累坏了，她睡得很香甜，眼球不时滚动一下，我便闻到了梦的气息。她梦到了什么？我轻轻地抚摸她湿润的头发和被火光照亮的脸庞。此时，她的样子乖巧极了，像是某个从花朵中生长出来的小花妖，嘴唇紧紧地抿着，不善言辞，但善于做梦。

“晚安。”我在心里说道，慢慢闭上了眼睛。

我再次睁开眼时，天空已经露出了鱼肚白。熄灭的火堆冒着白色的烟，弥漫着木头烧焦的味道。素素的头依然靠在我的肩膀上。这时，我看到了一排熟悉的脚印。

我推醒素素，让她看那排脚印。

“它昨晚来过。”素素睡眼蒙眬地说。

“走吧。”我说。

我们跟随着那排脚印，朝远方走去。

塑像

这是崭新的一天，天空的云朵如同精心梳理过的头发般平顺。闪烁着露珠的翠绿色树叶则像一页页浅显易懂的哲学书。我随便摘下一页，放在嘴里咀嚼。肥美多汁，一股特别的清香弥漫口腔。素素则把叶子当成了牙刷，在牙齿上蹭来蹭去。

在清晨的某个时刻，大气会变得稀薄，而万物的重量会随之变轻。现在就是这样的时刻。我感到身体格外轻盈，便用力向上一跃，像是被一只弹簧垫弹起来似的，我跃起两三米高，正好可以触到树上的野果。素素也试了试——她比我跳得还要高。于是我们借助清晨的弹力，从树上摘下了一大堆野果，放进了背包里。我们水壶里的水（包括啤酒）已经喝完了，干粮也只剩下了一点残渣，真可谓弹尽粮绝。

不过，素素和我却谁都没有提出过“返回”这个词，仿佛有着某种默契，我们继续埋头走。

清晨，太阳还没有出来。我们趁着这个难得的时刻，用水壶接叶子上的露水。水壶本来已变得干瘪，现在又重新焕发了精神。直到阳光穿透云层照射而来，露珠立刻消失得无影无踪，而我们只灌了半壶水，所幸还有那些野果。

道路开始变得陡峭，我知道，这是开始上山了。道路两旁栽满了干瘪的野核桃树。

差不多到了半山腰。站在一块大石头上看去，远处的风景一览无余。海滨小镇此时只有一罐啤酒那么大，炊烟袅袅，显得非常平静。而海面像是一个特大号的汤盘，仿佛随时都会溢出来。我站在这里，朝小镇挥了挥手。

“你在跟谁打招呼？”素素双手交叉在胸前，看着远方，“跟海鸟吗？”她的头发有些凌乱，其中几根斜过来，钻进她的嘴里，她就这样抿着。

中午，万物逐渐变得沉重。云朵投下巨大的影子。我们决定歇一歇。

天气闷热，我们喝完了那半壶露水，又吃光了野果。现在，我们重新变得一无所有了。我很想念彗星酒馆，如果这时还能有一罐啤酒，那该是多么幸福的事！

我们再次启程。这次，走出没多久我们就看到了无脸人。

无脸人正在那里专注于某件事物，我们走近，发现他正如同一个考古学家般用小刷子在摆弄一个塑像，一边用刷子将上面的土一点点扫走，一边不停地摇头。

“你好啊，”我说，“好久不见。”

“你好。”他显得无精打采。

“怎么了？”

“没什么。”他说，“可能我一辈子也找不到我的塑像了……”

“其实也无所谓，”我安慰道，“我也不知道我的那个塑像现在在什么地方。”

“哦！”无脸人像是突然想起了什么，“我找到了你的塑像，就在海边一个偏僻的角落里，哪天我可以带你去看看……”

“是吗？”不知为什么我感觉有点紧张，“这事儿不着急。”

“你们要干嘛去？”无脸人心情明显好了一些，问道。

“我们去寻找慧慧。”素素回答道，同时看了我一眼。

“慧慧是谁？”

“咱们一起走吧？”我插话道。

“不了，”无脸人说，“我还要继续寻找我的塑像。那就再见了。”

“再见。”我和素素跟他告别。

“他的脸怎么回事？”路上，素素问道。

“具体我也不知道，”我说，“只是听说，有些人会丢失掉自己的面孔，变成‘无脸人’，而只有找到自己的塑像，才能重新恢复面孔……我只知道这么多。”

“那我的塑像在哪里？”素素问。

“我也不知道……”我说，“塑像总是会出现在不同的地方，只有死人的塑像才会永远待在同一个地方……”

我回想起上次见到自己的塑像时的情景：那是一个傍晚，我从酒馆出来，醉醺醺地往家走，无意中看到了一个黑乎乎的影子。那个影子静止不动，仿佛在暗中观察我。我以为那是某个人的恶作剧。我走过去，想对准那人的鼻子来上一拳。走近了，借着昏暗的月光，我猛然发现那竟是我的塑像。在这之前，我已经有许多年没有见过自己的塑像了。塑像的那双眼冷冷地审视着我，那一刻，一种羞愧感紧紧地将我抓牢，我觉得自己无比的丑陋和堕落。

每个人，这里的每个人面对自己的塑像时都会不由自主地感到痛苦和羞愧，所以某些有魄力的家伙干脆随身携带铁锤，当发现自己的塑像时，便将其击得粉碎。

拉松就是这样干的。那天，他抡起大锤将他的塑像砸得如破碎的玻璃般稀里哗啦。我们都很敬佩他，因为我们大多胆小如鼠，对自己的塑像避犹不及。

雷雨后的显现

在午后，我们进入了一场清凉的睡眠。午后的天空没有一丝风，一朵塑料泡沫似的云停留在我们头顶上方，纹丝不动。我们就躺在它投下的巨大阴凉里稍作休息。蒲公英的种子，在空气中依靠着惯性懒洋洋地飘荡着。我们实在太累了，这片云影为我们提供了适合午睡的场所。我们相互抵着头，靠在一起，很快就朝着睡梦的甬道滑去。

我似乎做了许多梦，但它们都是不完整的碎片，像是万花筒一般不停变幻着形状。我唯一记住的是我梦到了一只色彩斑斓的蜗牛，它的体型很大，我看着它缓缓地爬动，而我手里拿着拖把跟在它后面，清理着它爬过时留下的黏液。

我们醒来时，天色已经黯淡。我叫醒素素，她总是很嗜睡。

“刚才我做了一个滑稽的梦，”素素打了一个哈欠说道，“我梦见了一只巨大的彩色蜗牛。你做过这么奇怪的梦吗？”

我抬头看了看，那片为我们提供阴凉的云早就飘散得无影无踪了。现在，云层聚集在一起，变成了浓重的铅色。

“走吧。”我说。

我们必须快点走，找到可以过夜的地方。远处，雷声已隐隐传来，就快要下雨了。我们需要找到一个能避雨的地方。

在丛林中，我们找到了一间猎人废弃的临时搭建的小木屋，我们钻了进去。木屋很小，容纳两个人已是极限。我们的肩膀紧紧地贴在一起，转身都很困难，腿稍稍一伸就伸到了外面。

我们等着雨落下来。

天色越来越阴暗，我们可以感受到雨前压抑的大气层。往外看，一切物体都模模糊糊，丝毫看不到月亮和星光。大地一片漆黑，只有闪电偶尔会短暂地划破夜空，随即合拢。我们置身于这严丝合缝的雨前的黑暗中。我可以听到素素清晰的呼吸声，可以感觉到她心脏跳动的节奏。这是一种很动听的节奏。

雷声如同陆地运动中的山峰慢慢隆起、扩展。终于，雨落下来了。雨滴透过枝叶打在屋顶上，开始时淅淅沥沥，很快就急促起来，直到雨声连成一片。木屋制作的比较粗糙，雨水零星地渗透下来，滴在我们的脸上和身上。空气里弥漫着浓重的雨腥味。

我们没有说话。在这间逼仄的木屋里，我们耐心地等待着雨停下来。

雨并没有持续多长时间，很快就停了下来。我们走出木屋。

夜色稍稍明亮了一些，许多蘑菇一类的植物从地里冒了出来。这时，我们看到了两团火把一样的东西在不远处闪烁。

是蓝色老虎。它正在盯着我们，然后，它缓缓地转过身子，朝前方走去。

雨后的地面泥泞不堪，我们互相搀扶着，深一脚浅一脚地走。而前面的蓝色老虎走得不紧不慢，仿佛故意想让我们跟在它的后面。

“它想带我们去一个地方。”素素低声说。

“是的。”我说。我看到她的眼神有某种复杂的神情，里面夹杂着不安，也有渴望。

“我觉得有什么事情将要发生。”她继续说。

我看着前面蓝色老虎的影子在夜色中晃动。刚才的那场雷雨，闪电击穿了几棵树木，现在它们正在沿途燃烧着。一些细小的闪电依然在丛林中鳝鱼般流窜，等待着耗尽能量，最终被大地吸收掉。我不小心踩进了水洼里，鞋子完全浸湿了。

我不知道蓝色老虎要带我们到哪里去，但正如素素说的，有什么事情将要发生。

终于，它停了下来。

在它停下的地方，有一个黑黝黝的东西。我们走过去，看清了那个东西。

是一个塑像。不过，与其他塑像不一样的是，其左侧和右侧分别显现出了两个不同的人像，也就是说，有两个人的塑像合二为一了。

此时，月亮出来了，洒下金色的颗粒状的月光。那月光也照着塑像，可以使我们看得很清楚。

塑像的左侧，是我，而右侧是素素。

我看到素素眼中的不安消失了，一瞬间，她变得十分平静，仿佛是换了一个人一样。她静静地看着那座塑像，目光平静而柔和。

虫鸣声渐渐响了起来，在这个角落响两声，又在那个角落响两声，并不喧闹，相反还显得有几分落寞。凉爽的风徐徐地吹过来。

素素慢慢转过身，看着我。我们轻轻地触碰着彼此的目光。

“我就是慧慧，对吧？”素素深吸一口气，说道。

故事的源头

暴雨后的树林散发着一种奇异的芳香，这种香气是从被闪电劈中的树木的伤口散发出的。雨后的树林，显得狼狈又新奇。目睛草从湿润的泥土中钻出来，睁着眼睛形状的花蕊，像是在打量一个崭新的世界。那些被雨水浸湿了翅膀的鸟儿站在树枝上，落水狗一样快速抖动着羽毛。萤火虫轻轻地从灌树丛中飞出来，雪花般飘动，躲避着从树叶上滑落的雨滴，一颗小小的雨滴就可以轻易地熄灭它。

蓝色老虎不知何时已经不见了。它在我们不注意时仿若蓝色的烟雾般缓缓消散。

我和她站在塑像底下。她伸出手，慢慢地抚摸着塑像的脸。塑像的脸栩栩如生，有一瞬间我仿佛觉得它们会突然活过来，对我说：我们做塑像已经太久了，现在该轮到你这个家伙了……它们将代替我继续生活，而我将作为一座塑像立在这里，听凭风雨吹打。

“这究竟是怎么回事？”她说。她没有转过头。她仿佛是在对塑像发问。

雨后的夜空呈现出亮丽的紫色，像是一座紫色的钻石山脉。我听到小河流淌的声响。它应该就在不远处，经过雨水的灌注，它听上去很欢快。

我闭上眼。这个夜晚显得有些不真实。

“有什么东西出了差错……”她嗫嚅地说。

“不，没有任何东西出差错。”我睁开眼，“一切都正常运行，或者说，根本就没有差错，所有的差错都只存在于我们的心中。当事情发生，它就是正常的。”

“好的。”她点点头，“我想知道到底发生了什么。”

发生了什么呢？这个问题值得我好好想一想。我也不知道究竟发生了什么。

“那就从那个病说起吧。”我说，“这是一个很简单的故事，只是它还没有结束，我不知道它会有多长。”

“病？”

“是的，一种叫‘失爱症’的病，”我说，“我希望不要像我写的航海小说那样啰唆……”

写给慧慧的一封信

亲爱的慧慧：

在写这封信的时候，我不知道你在哪里。因此，我不知道它该寄往何方。或许，终有一天我将彻底失去你：你离开了，就不再回来。抑或某天我将发现你的尸体。这种事我想过无数次，仿佛在给自己做着准备。所幸的是，这些事暂时还没有发生，每次失踪后，我都能找到你——尽管那时我们又是以陌生人的角色相见、相识。

我已经记不清我们是多少次“相识”了。我不知道我们下一次的“相识”会是在哪里。

如果当我找到你，拿出这封信给你看，你一定会认为我是个骗子，或者是疯子。但是我希望你了解，我并不是骗子和疯子，我是你最爱的人——哪怕是“曾经”。

事情得从那个清晨说起。

那是一个没有任何特别之处的清晨，就像我们每天看的报纸那样——虽然每天的内容都不同，但我们依然会觉得它们是重复的。就是那样一个清晨，你第一次失踪了。

没有任何预兆。我们没有吵架，没有因为什么事生气，甚至前一天晚上我们还在一起兴致盎然地讨论我的航海小说。因此，我想不到任何理由你会对我不辞而别。况且，你的东西都没有带走。这是无缘无故的失踪，我简直快要疯掉了。

我动员了徐福、拉松还有阿京、阿婆等人帮我一起找。我们找了整整一天，终于在海边一块巨大的岩石后面找到了你——你正在跟一只小海龟玩。我们这群人吓到了你，你用惊恐的眼神看着我们，眼神里有恐惧也有警惕。

你不认识我们了。当然也不再认识我。

我不知道是怎么一回事。你完全不记得我，也不记得其他人。仿佛你是第一次来到这里的游客，或者说，是慧慧的双胞胎妹妹。我以为你是在开玩笑——我们以前经常会相互搞恶作剧玩，我以为这又是你新想出来的恶作剧。可似乎又不是那么回事……

“我认输啦，双手投降。”我对你说。我一点也不喜欢这个恶作剧。

可是，你依然用那种陌生的眼神看着我，这种眼神我从未见到过。我终于意识到：这不是你的恶作剧，你真的忘记了所有人，这其中也包括我。

而你自己也很迷惑，因为你也不知道自己是怎么来到这个地方的。

“是一只蓝色老虎。”你后来对我说，“是它驮着我来到这里的。”

什么蓝色老虎？这到底是怎么一回事？没有人

可以解释。

你对我的记忆一丁点也没有了，我们莫名其妙地就变成了陌生人。但是（上天保佑）你并不排斥我，没有把我当成对你图谋不轨的坏人。或许在你的记忆深处，依然残存着我的影子，只是那个影子是如此模糊，甚至，你只是记得我的气味……

我重新以追求者的身份进入你的生活，我们再次经历了从陌生到熟悉，再到依恋的过程。

我们终于重新成了恋人。我跟你讲述之前我们的点点滴滴，企图唤回你的记忆。而你懵懵懂懂，没有一点印象。你对我说："不要管以前了，让我们重新开始。"

于是，我不再跟你讲述以前，按照你说的，我们像是一对崭新的恋人那样重新开始。我以为这只是上天的一次恶作剧或者意外，一切都将恢复正常。我甚至想，这可能是上天送给我们平淡生活的一个礼物，让我们体验与众不同的人生。

直到有一天，你再次失踪。

这次，我们很快就找到了你，可我却没有一点喜悦。上次的事再次发生——你又是一点也不记得我了。我们又重新变成了陌生人。

没有人能够解释清楚。我怀疑这是某种魔咒在你的身上起着作用。我背着你找了许多医生，但他们也无法给出明确的说法。后来，拉松告诉我他在一本古老的医学典籍上发现了一种极为罕见的病症，叫作“失爱症”。患上这种病症的人，一旦爱上某个人，就会在某一天突然失去对那个人的全部记忆，甚至是与此相关的记忆。就像是沙漠中的水，当太阳升起便消失得一干二净。

这是不治之症，书中也没有解决的办法。唯一的一条路就是成为彼此的陌生人。

我们会成为陌生人吗？当我们在人群中擦身而

过，你看我的眼神不会有一丁点感情，你甚至都不会看向我。我们会变成那样吗？我没想过。我不敢想。我从未想过有一天我们会以这样的形式变成陌生人，从未想过。

可事情确实发生了。

我从未想过有一天，我的爱将变得毫无意义——当你爱上我，也是你忘记我之时。那我该怎么办？难道我对你的爱就是为了让你再一次忘记我？

但我无法忘记你。我无法使自己不再爱你，仿佛你的失忆使我的记忆反而变得无比坚固。我们一次次地相识、相爱、遗忘，这些记忆在我的脑海中刻满了深深的印记。

因此我想，这魔咒并非仅施加在你一人身上。

哪怕我们一次次地成为陌生人，但我相信终有一天，你爱上我，便不会再忘记我。

我等待这一天的到来。

现在，你再次离开了。我已经记不清这是第几次。我很喜欢一句歌词："一切发生的事，都是正常。"这是徐福写的——他是一个优秀的小号手，不过他已经很少写歌词了。

一会儿，写完这封信，我就要出门找你了。就像是一次捉迷藏游戏——你是多么迷恋这样的游戏啊！

或许有一天，我会从这场徒劳的游戏中默默退出……谁知道呢，想太多会使我感到痛苦。我只知道我现在能做的，是等待与你的再一次相遇、相识。

现在

现在这封信的碎片，正静静地躺在我的裤

兜里。

小溪上的舞蹈

月光从木屋上方的窗子照下来，像是一团悬浮的雾气，在屋内漫漶着。我躺在床上，盯着昏暗不明的天花板。黑暗中仿佛有什么东西在浮动，但定睛细看，能够看到的只是凝固不动的黑暗。慧慧背对着我，但我能感觉到，她和我一样无法入眠。我朝月光伸出手，月光便雪花般轻轻飘洒在我的手上，同时也照着一只小小的瓢虫——它此时正趴在我的大拇指上，静静地沉睡着。它只有半个指甲盖大小。我不知道它是什么时候爬到这里的，我发现它时，它就保持着这个姿势，好像是爬到一半时不知不觉睡着了。

我尽量不动那只手指。记得小时候，有人曾教给我如何分辨瓢虫，他们说，翅膀上有几个黑点的是好虫，而有几个黑点的是害虫。但是，具体的黑点数目我早已忘记了。我看着这只熟睡的瓢虫，它一定不知道人们将它们分出了善恶。

我尽量使自己不再去想这些莫名其妙的东西。我慢慢侧过头，看到了慧慧有着精致线条的背脊。仿佛是黑夜中的一条飞鱼，贴着水面，在湍急的河流中飞驰着。我听到了她细微的呼吸声，也听到了四周的嘎吱作响。空气里弥漫着一股木头腐烂的香气。

这是一间猎人木屋，不过，比之前那间要大一些。下山时，我们发现了它，便在这里过夜。虽然这间木屋空间大了不少，但依然破败不堪。墙壁、房梁还有房顶，时不时就会发出似乎不堪重负的难受响声，仿佛随时都会崩塌。房顶上究竟有什么呢？除了空气就只是月光了。难道是今晚从天空倾斜的月光压迫着这间衰败的木屋吗？

我太累了，却一点也睡不着，脑子里的念头飞沙走石般掠过。

那只瓢虫依然静静地伏在我的拇指上。我慢慢地坐起来，走下床。我回过头，看到慧慧依然背对着我，她柔顺的短发披散着，遮住了她削瘦肩膀的一部分。我闻到从她身上散发出的柠檬味。她露出的双臂在夜色中透出近乎于瓷器的柔和色泽。

我走出屋门，尽量不发出声响。

雨后的月光非常透彻，月亮如同一盏探照灯，几乎将大地照得一片通明。不远处，有一条小溪隐隐闪烁着，却听不到水流声。我走过去，发现小溪的表面形成了一层薄薄的水膜。我用脚踩了踩，感觉像是踩在一块巨大的果冻上。

在夜晚的某个时刻，在月光的照耀下，河水会静止不动，在表面形成这样的水膜。不过，这样的情况并不常见。我将一只脚慢慢地放上去。水膜微微下凹，但没有破裂的迹象，我加大了力度，水膜依旧牢牢地托着我的脚。我放开胆子，挪动身体重心，将另一只脚也放了上去。于是，我整个人都站在了小溪上。

起初，我小心翼翼地在小溪上走来走去，渐渐地，我的胆子越来越大，便在上面跑起来。水膜虽然看上去很薄，但却柔韧而坚固，我在上面又跑又跳。与结冰不同的是，水膜表面有一定的生涩感，不像冰层那样顺滑。

我不知在上面折腾了多久，突然想起了那只瓢虫。我抬起手掌，发现那只瓢虫不知何时已经飞走了。我的拇指现在变得空荡荡的。看着空荡荡的拇指，我不禁感到一丝失落。

当我将目光从拇指上移开时，我看到慧慧倚着门，正注视着我。我放下手，一时间有些尴尬地不知做什么好。她慢慢地走过来，也走到小溪上面，来到我面前。她依然注视着我，好像想从我的脸上找出什么东西似的。

我不敢看她的眼睛。

半响过后，我似乎听到慧慧的叹息，但很轻微，我不知是否是我的幻觉。

“太安静了。”慧慧说。确实很安静，甚至连虫鸣都没有。“跳支舞吧。”她说。

于是，我们就在小溪上跳起舞来。这是一支动作简单、如花蕾般缓缓绽放的舞（我不知道它的名字，或许它仅仅就叫作“舞”，并没有多余的名称）。

我们富有耐心地沉入舞中，仿佛已经忘记了舞。当一些事暂时走入了死角，想不出解决的办法，那么，舞则是一种很好的选择。

生活在继续

我和慧慧回到了海滨小镇。这里的一切没有任何变化。其实，我们仅仅离开了三天而已，却感觉仿佛离开了三年。小镇的夏季更深了，天气闷热，我和慧慧在沙滩上行走。海边的空气还算凉爽，海风不停地吹拂着我们，将慧慧的头发吹到我的脸上。我们手里提着鞋，赤足感受着脚趾间细软的沙砾。海边有一些人在放风筝，他们似乎总是在这里放风筝。

我们彼此没有言语地走着。慧慧不时弯下腰捡起一片贝壳，看上面的纹路，然后扔掉，再捡新的。我看着她挑挑拣拣。她的蓝色衬衫围裙般系在腰间，随风摆动。

我们不知走出去了多远。我回头看，留下了一长排的脚印。

“我们真的曾彼此深爱吗？”她忽然说道。此时，她已经找到了两三个满意的贝壳，握在手里。她还在寻找其他的贝壳。

“是的。”我说，“但它们也在折磨着我，我永远无法淡忘这成倍的记忆，永远无法消化它们，而我还必须继续累加它们，否则我会更受不了……我不知道这是不是一个恶性循环？”

我有点惊讶自己突然会说这么多。

海浪拍打着礁石，传来震耳欲聋的声响。我不知道她有没有听到我的话。我看到了那群垂钓者，他们雕塑般一动不动，打捞着往昔的遗迹。

“我以前并不理解他们。”我说。

“什么？”慧慧转过头，大声问道。

“我说——”我也提高了声音，“我说我以前并不理解他们。”说着我指向垂钓者的方向，“我觉得他们十分可笑。但是，现在我有点理解他们了，或许有一天，我将加入他们的行列。”

这次慧慧听到了，但她没有说什么。她表情恬然，继续捡拾贝壳。

我们又走了一路。

“好了。”她说道，“我们返回吧。”

“回哪里？”

“当然是回家啊。”慧慧说。她的手里已经捧了一大堆贝壳。

我们于是开始往回走。我帮她拿着几个贝壳。我们像是刚刚购物完的夫妻俩，心满意足地往家走去。饱含盐分的海水，舔舐着我们的脚踝。

我们回到了海边的屋子里。

慧慧开始摆弄她的贝壳。她找来棉线，将贝壳做成了一个个吊饰。她走到卧室里，将以前用退稿信叠成的纸飞机取下来，换上贝壳。我帮着她一起挂。很快，卧室的墙上就挂满了各种颜色和形状的贝壳。慧慧退后几步，满意地欣赏自己的杰作。

“很漂亮，是不是？”

“很漂亮。”我点点头。那些贝壳微微摇晃着，仿佛是一串串摇动的风铃。我似乎听到了风铃清脆的响动。我和慧慧就这样看着它们，看着卧室焕然一新的墙壁。我闻到了从她身上散发出的淡淡的柠檬香。

我走到床头柜前，拉开第二层抽屉。那只口琴依然静静地躺在那里。我拿出它，递给慧慧。慧慧接过口琴，在手里把玩了一会儿，然后，她将口琴放到唇边，轻轻含着。音乐从口琴小小的内部传了出来。我闭上眼，想到了往昔。

今天的音乐是深紫色的。

我轻轻地抱住她，感受着她身上的温度和味道。她没有停止吹奏。我就这样抱着她，听完了整支曲子。她放下口琴，似乎沉浸在深紫色的情绪里。

我抚摸着她精致的锁骨。

“如果这是一部小说，”慧慧说道，“现在你该如何写下去？”她扭过头，看着我，眼睛里有顽皮的笑意。这是我熟悉的眼神，熟悉的笑容。我无比肯定这一点。

“我也不知道。”我说，“我比较拿手的是航海小说。嗯……”我想到了那一摞摞的退稿信，没有把握地说。

“如果是我来写的话，”慧慧接着说，“现在会让自己喝一杯。”

我也感到有些口干舌燥。于是我们走进厨房，像以前那样，拉开冰箱门。里面还有半瓶“南极遇难者”。我几乎都忘记了还有这么一个好东西。

我洗了两只杯子，席地而坐，各自倒上酒。蓝色的烟不断地冒出来，几乎淹没了我们拿杯子的手。这时，我看到了在厨房角落里的宇宙。哦，它还在这里，独自运转。或许某颗如沙砾的万分之一一般大小的星球上，某个人也和我们一样在自斟自饮着。

“为了宇宙，干杯！”我提议。

“为了依然要写下去的小说，干杯！”慧慧说。

阿鲸的婚礼

我醒来时，慧慧还睡着。

这是一个崭新的清晨。照进来的依然是属于夜晚的青色光线。波浪声隐隐约约。我的耳廓有一点发甜，仿佛是刚刚听到一首美妙的曲子。可我记不得了，我没有记住我做的梦，又或许，我根本没有做梦。我低下头，看着身边熟睡的慧慧。

她还在这里，睡得香甜。像是一只幼小的动物蜷缩在一起。由于太热了，毯子踢到了一边。我将毯子捡起来，给她盖上。她的鼻尖上凝固着一点点汗水。我用手轻轻地将汗水抹掉。她的鼻翼微微地颤抖了几下。几缕汗津津的头发贴在额头上。

我看着她熟睡的面容。

她还在这里，在我身边熟睡。我忽然觉得之前的一切纠结与痛苦都变得可笑之极。只要她还在我身边，就是对我最大的恩赐。还有什么比这个更重要吗？我甚至希望，她能永远这么睡下去，那么，她也将永远留在我身边。至少现在，当她醒来，她依然记得我，能够喊出我的名字，能回忆起我与她在一起的时间。这就足够了。

我吻了吻她的额头和鼻尖。

然后我起身，准备到厨房做点简单的早餐。我走过那面挂满贝壳的墙，用手指慢慢划过，我仿佛听见了悦耳的风铃声。我走到厨房，打开冰箱（冰箱重新变得满满当当了）。我拿出面包、鸡蛋还有牛奶。宇宙还在沉睡，我开始煎鸡蛋。

煎好一个蛋后，我听到了敲门声。敲门声很细微，并且只敲了两下。我走到门口，看到一封信从门缝里塞了进来。我拾起那封信，拆开，发现是一张请柬。上面写着：

阿鲸先生与莉莉女士的婚礼将于今日中午在露天餐厅举行，恭候您的到来！

足够简单。我将信折好，放进裤兜里，继续回厨房做早餐。我煎好第二个蛋时，慧慧醒来了，睡眼婆娑地站在厨房门口，看着我煎蛋。

"唔，我太喜欢睡觉了。"她说着打了一个长长的哈欠。她的头发有点乱，穿着一件藏蓝色的贴身小背心，肩膀削瘦。"一会儿就做好了。"我对她笑了笑。她点点头，拿着洗漱用具，去了海边。

吃饭时，我跟她说了阿鲸与莉莉的婚礼。她显得很高兴。

“这真是太好了，”她嚼着面包说，“昨晚我做了一个很好的梦，但我忘了梦的内容，只记得是一个很好的梦。你做梦了吗？”

“我也不知道。”我说，“好像做了，又好像没做。”

吃完早餐，我们换好衣服出门。今天的天气有一点点阴沉，但同时也凉爽了一点。风呼呼地在耳边吹着，我的衣服里灌满了风。我们沿着海边走，漫无目的。离中午还有一段时间，在这段时间里，我们并不知道要做什么。

她走在我身边。我们并不说话。我想要的都已得到，因此我很满足。

我们又看到了那些放风筝的人。是几个小孩子，他们看见我们，便对着我们笑。我看到其中一个孩子松开手，一只风筝便飞往更高处。

“它会落下来吗？”慧慧看着那只逐渐消失在视线里的风筝。

“会的。”我说。我们走过了放风筝的孩子。

中午很快就到来了。我和慧慧来到露天餐厅时，这里已经挤满了人。我看到了拉松、徐福、阿婆和其他人。他们正站在一起聊天。几张铺着雪白桌布的桌子上，放着一摞摞的酒，人们可以随便拿。我和慧慧各自拿了酒，来到人群中。

“噢，阿唐、素素，你们好。”阿婆看到我们后亲切地对我们打招呼。

“这是慧慧。”我笑着跟阿婆说。

“哦，是的，慧慧。真好，真好……”阿婆喝了一口酒，看着我们，嘴里不停地重复着。

徐福和拉松走到我们身边。

“好久不见了。”徐福说，不等我回答，他又说：“阿鲸这小子真是太迅速了，这么短的时间就将莉莉拿下。看来以后露天餐厅也不会那么狂傲了，哈哈。”

“我们只是在今天对你们客气一点而已。”旁边的一个服务员不耐烦地说。

“不管怎么说，都值得庆贺。”拉松眯着眼睛，看着热闹的人群，“这两天你们都去哪里了，我几次去找你，你都不在家。”

“我们去了山里。”我说，这时我看到了养蜂人。他也来参加婚礼了。我走过去，跟养蜂人打了招呼。他的相貌装束与这里的人格格不入，但他显得还是那样平静。

“那只孤僻的小家伙怎么样了？”我问。

“我带它来了。”他指了指自己的耳朵，我看到那只蜜蜂怯生生地露了一个小头，看着人群。“我想带它到热闹的地方转转，说不定能慢慢胆子大起来。”

“阿唐！”我听到有人叫我，便转过头，看到徐福拿着他的小号，正急匆匆地跑过来。“一会儿我要去演奏，刚才忘了跟你说，明天你得帮我一个忙，”他说，“帮我搬一下家。”

“搬家？搬到哪里？”我有些惊讶。

“搬到一个很远的地方……”他说，“总之麻烦你了，我明天再跟你详细说。”

说完，他又急匆匆地跑开了。

我若有所失地看着他的背影。

乐队开始奏乐，婚礼开始了。阿鲸与莉莉出现在露天餐厅二楼的天台上。阿鲸的头发经过了精心的打理，显得意气风发。而莉莉的头上戴着一只花环，更加美丽。鲜花装饰在天台的栏杆上，吸引了许多蝴蝶，上下飞舞。

“酒都变酸了。”拉松低声跟我说。我似乎听到了这里的单身汉们捏碎玻璃杯的声音。或许那是他们心碎的声音。

当阿鲸和莉莉交换用贝壳做的结婚戒指时，我感到慧慧握住了我的手。

我看着她，她的眼睛里有什么在闪烁。

“你说……”她笑着，“我现在还记得你，是不是说明我还没有爱上你？”

“我不知道。”我说，“它只在你自己的心里。”

“我真的害怕自己爱上你，然后又忘记。”她低下头，笑容还没来得及在她的脸上消逝，一滴眼泪却从脸颊滑落。

我用拇指擦掉那滴泪。

我不知道该说些什么，只好抱住她。我尽量使自己相信，这一刻就是永恒。

你失去的那部分记忆，就保留在我这里吧。我在心里默默地想。

“嗨，大家好！”那个喜欢装扮自己的大叔这时走了过来，立刻吸引了人们的目光。他穿着一件沙滩短裤和黄色的休闲衬衫。

“大叔，你今天装扮的是什么？香蕉吗？”有人问道，响起一阵笑声。

“根本不是。”大叔鄙夷地看了那人一眼。

“那今天你装扮的是什么？”人们问道。

“这你还看不出来吗？”大叔交叉双臂，一副恨铁不成钢的样子，“今天我装扮的，是我自己。”

离开

这是我们第二次来到徐福的家，只不过，这次是为了告别。

他的屋子依然是那么乱，但他要带走的只有一大箱子的唱片，还有他视如生命的小号。他左手提着大大的旅行箱，右手拿着小号，对着我们傻笑。

他当然应该高兴。几天前他得到通知，一家唱片公司看中了徐福的曲子，打算为他灌制一张爵士乐唱片。这是徐福梦寐以求的事。他准备以此为契机，到更为广阔的世界打拼。

我们在帮他整理唱片的时候（床底下、沙发的缝隙、壁橱以及种种被遗忘的角落，甚至还有两张是在碗柜里找到的），发现了他的塑像。我们没想到他的塑像竟然就在他的卧室里。与平日里总是容易紧张的徐福不一样的是，他的塑像表情平静淡然，仿佛没有任何事情可以惊动他。

我们暂时忘掉了手里的活，看着徐福的塑像。似乎发现了一个我们从未见过的徐福。

这时徐福走了进来，他并没有感到丝毫难堪，而是径直走到自己的塑像前，默默地注视着塑像，那样子甚至都有些深情了。

“你的塑像一直都在这里吗？”拉松问。

“是的。”徐福说，眼睛没有从塑像身上撤走，“我发现他后就将他搬到了这里。”

我们在脑子里想象着徐福每天与自己的塑像面对面的情景——尽管这情景是我们所想象不出来的。我们很难理解，徐福竟能与自己的塑像和睦相处，要知道，一般人看到自己塑像时总是会感到羞愧和一种莫名的耻辱感，这也是拉松干脆将自己的塑像打碎的原因。而更让我们吃惊的是，徐福还在自己塑像的额头上亲吻了一下。

“我要带走他。”徐福说，“帮我找一根粗绳。”

徐福是一个怪人。这是我们对他长久以来的认识，这次更是加深了这种认识。他将塑像用粗绳牢牢地绑在了自己的身上。于是，塑像就像是一个硕大的婴儿般被他背在身后。

这一次，很多人都过来与他告别。很多女人的脸上都显出恋恋不舍和终获解脱的双重表情。对她们来说，徐福的离开意味着再也不会有像他这么有魅力的小号手了；而另一方面，她们也不必再强迫自己去忍受那毫无节奏可言的刺耳乐声了。

“我相信可以实现我的理想。”徐福走过我身边时说道。他身后的塑像太重了，几乎压得他直不起腰，说话也气喘吁吁的，但他的脸上一直洋溢着幸福的红晕。

“我相信你。”我轻轻地拍了拍他的肩，“不过，你的理想是什么？”

“理想什么也不是，理想就是理想本身嘛。”徐福笑着说。我看不出他究竟是不是在开玩笑。

他走到门口，与房东握了握手——那是一个矮小粗壮的老头，看得出他感到很惋惜，因为以后不会再有像徐福这么好压榨的房客了（在此之前，他的破房子根本没有人愿意去租）。这对奴隶和奴隶主握完手后还拥抱了一下，依依惜别如多年老友。

我帮他拿着旅行箱，陪他一起下楼。他因为负重所以走得踉踉跄跄，我们必须时不时地扶他一把。他将小号抱在胸前，小心翼翼地走下每一个台阶。

送到镇口时，徐福转过身，对我们挥手告别。

“大家就送到这里吧。”他说，“谢谢大家这么长时间的照顾。后会有期！”

我将旅行箱递到他手里。

他点了点头，转过身，一步一步地继续往前走——他要去离小镇不远的汽车中转站赶长途客车，然后坐火车，去一个我们没有听说过的地方。唱片老板正坐在办公桌的后面等着他。

我们看着他背负塑像的身影越走越远（不时会趔趄一下），直到拐过一个弯，被树木遮挡住，再也看不见了。我们又在原地站了一会儿，才意识到：徐福已经离开了。

“散了吧，散了吧。”拉松说道，他的声音有些嘶哑，不知是不是最近喝酒太猛的缘故。

送别的人群慢慢走开了。我看着那条现在变得空荡荡的路，想到了我曾经写过的一个水手：一天早晨，他睁开眼，看到的是和梦里一模一样的辽阔大海。他莫名地感到心慌，他跑到甲板上，看着四周的景物——除了水就是水。这一瞬间，他突然镇定下来了，前所未有的镇定。他甚至失去了去死的冲动。

我感觉身体无比笨重，仿佛身后也背上了塑像。我转过身，看到了慧慧。

她穿着一袭白色长裙，就像是我那天在冰激凌店前看到她那样。我慢慢地走向她——就像是精疲力尽的旅人，将死之前渴望抓住点什么东西。

让我抓住点什么吧，随便什么就好。

倒数第三段

我和慧慧坐在柔软的沙滩上。天不知不觉黑了下来。

我们不知坐了多久，直到天黑了下来。可能是坐了很久了吧，但却感觉只是一瞬。时间飞逝，如同海浪拍打礁石溅起的飞沫。我们靠在一起，坐在这儿，看着太阳一点一点沉下去，夜色重新笼罩大地。我们没有说话，只是听着永不停歇的涛声，仿佛在听一场没有开始、也没有结束的交响乐演奏。偌大的观众席上只有我们两个人。

海风不时将慧慧的头发吹到我的脸上。她的脖子上戴着那块蓝色丝巾。

夜色降临了，远处的灯塔亮了起来，像是睁开的一双眼，转动着眼珠。而在我们身后，灯火也渐次点亮，酒鬼们的叫嚷声隐隐从露天餐厅的方向传来。一些小船停泊在码头上，里面往往躺着喝醉的渔夫。

天空，大片的星群显现。斗转星移。我突然想到这个词，并且脑子里浮现出了对应的画面。我喜欢这个画面：群星在我们头顶飞速驶过，像是嬉皮士的摩托车队，呼啸着，打着拍子，拖着长长的尾巴，冒着蓝紫色的火焰，一群又一群。而我和慧慧看着这一切，像是两块礁石，或者两块塑像一样，站在一起，只是静静地观看。

这样就够了。

慧慧站起来，拍拍身上的沙砾，沿着海岸走起来。我跟在她身边。她的侧脸在夜色中闪烁不定。夜晚的风有些凉，我握住她的手，却感觉到暖和。我们就这样漫无目的地走着。突然，她停住，用手在沙丘上刨了起来。我不知道她要做什么，但跟着她一起刨，很快，松软的沙丘就让我们刨出一个小坑。慧慧将系在脖子上的蓝色丝巾解下来，放进沙坑里，然后将它埋了起来。“或许哪天在这里将长出一棵蓝色的丝巾树。”她说。

看着她的脸，不知为何我突然感觉到一阵心痛。她的脸隐没进夜色中，而我还愣在原地。等我回过神来，想要跟上去时，却发现她仿佛消散在了黑夜里，我怎么也找不到了。我沿着海岸跑出去了很远，也没有看到她。

就像是我无数次在梦中遇到的那样：我们丢失了彼此。

这或许也是一个梦吧。想到这里，我渐渐安静下来。我继续往前走，却已不再是寻找，只是为了走而走。在一块礁石上，我看到一个黑乎乎的影子正蹲在那里。我走过去，拍了下那人的肩膀。那人回过头来，竟是拉松。

他为什么会在这里？难道他加入了垂钓者的行

列？这样想着，我感到莫名的难过。早晚有一天，我们会成为新一批的垂钓者，看着更年轻的人们住进我们的房子，进行着属于他们自己的新故事。而我们，将在无尽的大海中垂钓无尽的往昔。

“我只是在捞鱼。”拉松说，“我发现了一种能唱歌的鱼。”他的手里果真拿着渔网兜。

听到他的话，我感觉自己像是松了一口气，全身轻松起来。我跳下礁石，继续往前走。我似乎听见拉松在身后喊我，但我没有停下脚步，就这么一直走，直到四周再次恢复寂静。

我看到了阿婆。她正在摆弄一只天文望远镜，不断地调整着角度。

“阿唐来啦。”阿婆看到我很高兴地打招呼。

“您在做什么？”

“我在等他。”阿婆说。我当然知道她所谓的“他”是谁，就是那个曾经绑架过她的外星情人。“他一定会回来的。”阿婆一边调整望远镜一边说道。

“这么肯定？”

“因为我们说好了的。”阿婆看了我一眼，对我表示出的怀疑显得有点生气，“这是早就说好了的事。”

夜空中，无数的星星闪烁着大大小小的光芒。

“我总是觉得他就住在那颗最亮的星球上。”阿婆指了指，我顺着看去，但实在分辨不出哪颗才是她口中最亮的那颗。“但听说离咱们这里好远啊，”阿婆目不转睛地盯着那个方向，“他应该还在路上。”

说完，阿婆便不再说话。她伏在望远镜的镜筒上，眯起一只眼，继续观看。如果她的外星情人回到这里，她将第一个看到他。

我依然没有找到慧慧。我漫无目的地在海岸转圈、吹口哨，就像是一个傻子。直到我看到了那个身影，那个再熟悉不过的身影。

我走过去，屏住呼吸，像是一个领圣餐的孩子。她背对着我，站在一块礁石上。我慢慢地从后面抱住她，她侧过脸，我感受到她湿润的气息。我慢慢地吻着她，她的额头，她的眼睛，她的鼻子，她的嘴唇。我的余光似乎看到了一颗流星倏然划过天际。我并不确定那是不是流星，如果是，这无疑是一幕浪漫而温馨的镜头。不过，我更希望它是阿婆情人的飞船——千里迢迢，终于抵达。

倒数第二段

我睁开眼。

屋子里静悄悄的。就连外面的波涛声似乎也湮没无闻了。唯一的声响来自我的大脑内部，总是持续着一种低低的嗡鸣声。我一定又做梦了，但我忘记了梦的内容。我想叫醒身边的慧慧，说不定她会知道。但我摸了一个空，我的身边是空荡荡的床铺。

伴随着脑仁里持续的嗡鸣，我套上外套，走下床。走过墙上挂着的贝壳时，我下意识地用手指划动。它们摆动起来，但是没有发出任何声音。我走出卧室，来到厨房。我推开厨房的门，想象着慧慧出现在那里，看到我后对我笑着说："早饭就要做好了，稍等一下。"

厨房的门开了，没有慧慧。

我倚在厨房门口，不知道该干些什么。厨房里的一切物件都原原本本地放在它们应该放置的地方，一切都很正常。我将厨房里的每一件东西都一一打量了一遍，就仿佛慧慧就藏在其中某个角落似的。当然，这是不可能的，因为这间小厨房看一眼便可尽收眼底。

我忽然意识到：宇宙不见了。是的，就在以前的那个角落，现在取而代之的是一张蛛网，上面落满了灰尘还有昆虫的残肢。我愣愣地看着蛛网，脑子里的嗡鸣仍在继续。

我感到口渴难耐。打开冰箱门，发现它已经坏掉了，里面的食物滴着水，散发出腐臭的气味。我找来找去，没有找到酒。但我现在急需要酒，大量的酒。我觉得自己正在干瘪下去。

我回到客厅，陷入沙发里，我看着眼前的一切。屋子似乎慢慢开始变大，每一样东西都变得离我很远，我伸出手，想要够书桌上的杯子，却怎么也够不到。我站起身，朝书桌走去，走了很久才到达目的地。可我到书桌这里干什么？杯子里空空如也，连一滴水也没有。

我放弃了书桌，走出屋门。

我走到通往酒馆的柏油公路上。我一直往前走，不知走了多久，也不知走出去了多远。我走过那些我不认识的植物。那些绿色的植物身上布满红色的斑点，看一会儿就会让人头晕目眩。我机械地迈着步子，摆动着双臂。

公路又长又宽，空无一人。

这时，我看到一辆车停在路旁。我认出这是无脸人的车。现在，它曾经锃亮的车身被尘土覆盖，有的地方油漆也已脱落，显得斑驳不堪。我走过去，发现它已经被红蚂蚁占领，它们细小身躯的穿梭在车子的每一个角落。我用手擦了擦车窗，从外往里看去。里面依然覆盖着一层沙尘。方向盘和座椅都已不见，像是一座远古的废墟。

结尾

我继续往前走。

（完）